María Laso

NO CRUCES A LA OTRA BANDA

Huelva, 2021

«Después de que mi cabeza se haya desprendido del cuerpo, ¿podré oír, aunque sea un instante, el sonido de mi propia sangre cuando brote de mi cuello? Sería el mayor placer para terminar todos los placeres».

Peter Kürten, *el vampiro de Düsseldorf*

1

Puta. Ahí está con el aquelarre, riéndose como una hiena histérica. La mataré, juro que la mataré. No puedo consentir que airee esa mierda. Mi familia no puede sufrir más de lo que ya lo hace.

Todo fue por su culpa.

Ella planificó esa farsa. Me enloqueció con su labia demoniaca. Me engañó y ahora quiere arrastrarme al fango con ella. No debo consentirlo. Nadie debe enterarse de lo que esa mente enfermiza ideó. Es un monstruo, me da asco.

¿Cómo me dejé engañar por alguien tan horrible, tan putrefacto y maligno?

Odio su voz.

Las carcajadas no me dejan pensar con claridad, y debo hacerlo, porque el final se acerca. Tengo que cumplir la misión. La quiero ver muerta, muerta, muerta...

Disfrutaría despedazándola lentamente mientras contemplo sus ojos fríos y vacuos. No pediría clemencia porque es puro hielo la asquerosa. Mejor así, no puedo ser débil ni flaquear.

¿Será capaz de sentir dolor? ¡Pues claro! No seas estúpido.

Desearía que su final fuera lo más doloroso posible, pero la muy hija de puta tendrá suerte hasta para eso porque no podré jugar con ella.

Tengo que ser eficiente y rápido. Muy rápido. No dejaré ningún cabo suelto. Nadie debe involucrarme en su muerte. Prudencia, mucha prudencia.

¿Eh? Debo prestar atención a lo que dicen estos gilipollas o empezarán a meterse conmigo. Ahora no debo cometer ningún error ni llamar demasiado la atención. Son basura, pero incluso a las inmundicias hay que hacerles caso de vez en cuando.

¡Dios! ¿Cuándo acabará todo esto y podré descansar?

2

Nos partimos de risa con las anécdotas de Frida. He de reconocer que, además de guapísima, es muy divertida.

Nunca he conocido a una mujer tan bella: un metro setenta y seis centímetros de estatura —trabajó como modelo antes de casarse con José Barroso— y con unas curvas que todas las del grupo de Madres y Amigas de El Rompido envidiamos. De cabello castaño, largo, ondulado y superbrillante que, por más que jure una y otra vez que no cuida, no podemos creerla, pues siempre parece recién salida de la peluquería. Si a eso le añadimos una nariz respingona y una boca pequeña con el labio superior más fino que el inferior, podemos imaginar que estamos ante una celebridad. Además, tiene la piel blanca y tersa, apenas se le notan unas arruguitas alrededor de sus espectaculares ojos marrones.

Ahora nos está contando cómo consiguió que el directivo de una empresa automovilística alemana que se encaprichó de ella cuando promocionaba como azafata su estand en el Salón del Automóvil de Madrid, la dejase en paz. Pero ¡qué gracia tiene la *jodía* para describir al susodicho! Al principio lo imaginábamos tan desgarbado y patoso que sentíamos lástima del tipejo, pero enseguida nos enfurecimos cuando nuestra amiga nos contó que, en un descuido, ¡le tocó el culo!

Desternillante cómo nos explica a continuación la forma que ideó para vengarse de él. Le dijo que no se confundiera, que ese pedazo de mujer que tenía delante de sus narices no era más que un travestido muy voluptuoso.

Frida es capaz de enronquecer la voz y darle a la misma un matiz absolutamente masculino. Así que, cuando la cambia para ejemplificar lo que le dijo a ese patán, nos doblamos de la risa y más de una tiene que ir pitando al baño para no hacérselo encima.

Cuando Jorge y yo decidimos construir el nido en El Rompido nunca pensamos que este pueblo pudiera tener el potencial que nos está revelando, no solo por ser un lugar paradisiaco, sobre todo en invierno, sino por las personas tan variopintas que hemos encontrado en este maravilloso rincón del litoral de Huelva, enclave que nació como pequeño asentamiento de pescadores en la desembocadura del río Piedras.

En un principio, su organización urbanística se limitaba a dos largas y perpendiculares hileras de casitas bajas y dos faros, uno pequeño y achaparrado y el otro esbelto y majestuoso. A partir de mil novecientos ochenta, el turismo se convierte en su primer sustento socioeconómico, como en tantos otros lugares de España, y se produce un *boom* inmobiliario imparable. Numerosas urbanizaciones se han reproducido como los champiñones en tierra fértil y húmeda y acogen a todo un abanico de individuos de la especie humana.

Antes de que naciera Laia no conocíamos a nadie, ni siquiera nos relacionábamos con los vecinos más cercanos. En cierta forma, hacíamos vida de ermitaños, pero disfrutando de placeres como la música, la lectura, la comida o dejándonos llevar por la pasión de nuestra mutua compañía. Sin embargo, al tener a nuestra pequeña y, sobre todo, al llevarla a la guardería, empezamos a contactar y a conectar con los papás y las mamás de los amiguitos de nuestra hija.

Toda una generación de treintañeros, padres primerizos, que, por una razón u otra, hemos acabado recalando en estos lares desde los más diversos lugares de origen. Solo se pueden considerar rompieros de estirpe algunos de ellos: José y Rocío Barroso o Miguel Cuevas. Otros, son hijos de veraneantes que, al mantener frescos en el recuerdo la diversión y la libertad de la que disfrutaron en su juventud los meses de estío, de adultos han regresado a echar raíces en El Rompido buscando reminiscencias de esa felicidad temprana, como, por ejemplo, Bella y Christian Aranda o César Prisco. Sin embargo, la mayoría hemos acudido desde diversos puntos geográficos de la península, de Europa e, incluso, como en los casos de Fátima Zahrae El Ghalid o Diana Guaján, de Casa Blanca y de Quito, respectivamente.

Lo que empezó con tres o cuatro madres coincidiendo en la puerta de la guardería para recoger a sus hijos y que se volvían a encontrar por la tarde en la plaza de la Sirena para que sus retoños se explayaran a gusto en los columpios del parque de arena, acabó convirtiéndose en un grupo de amigos que disfrutaban reuniéndose de forma periódica en multitud de eventos: cumpleaños infantiles o de adultos; cenas de chicas donde desahogarse de los múltiples problemas que las agobiaban; reuniones de chicos para ver competiciones deportivas de toda índole; escapadas al cine, a conciertos o a la inauguración de algún local; barbacoas, comidas campestres; exposiciones de pintura; quedadas reivindicativas para redactar escritos de denuncia contra el Ayuntamiento de Cartaya por la dejadez con la que gestiona los asuntos de la pedanía; concurso de paellas en el festival del Barrilete; paseos en barca o motora entre la flecha de El Rompido y el núcleo urbano; días de playa en la otra banda o, simplemente, cualquier sarao que fulano o mengano organizara en su casa y al que acababa invitando a medio pueblo.

Hoy estamos celebrando el octavo cumpleaños de Paloma, la hija de nuestros amigos Bella Aranda y Enrique Vázquez, en el restaurante del Club Náutico Río Piedras.

Los cumpleaños infantiles en El Rompido se han convertido en eventos sociales de primer orden. Estos acontecimientos han derivado en verdaderos saraos en los que se relega a los niños y a los monitores, payasos y princesas contratadas para tal fin a los hinchables alquilados, mientras los adultos charlamos, comemos y bebemos sin hacer demasiado caso a nuestros vástagos. Aquí, nada de llegar al cumpleaños y dejar al niño para volver a recogerlo a las dos horas. Lo divertido comienza cuando el crío sopla las velas de la tarta, cuando los trozos de la misma desaparecen en los carrillos de la chiquillería a una velocidad de vértigo y los paquetes de chucherías son arrebatados de las manos al padre de turno al que le toque repartir los mismos entre la jauría de niños expectantes por la doble ración de azúcar del día. Acto seguido, se produce la estampida de renacuajos en todas direcciones, y es entonces cuando los adultos empezamos con las copas, las conversaciones amenas y el flirteo social.

En estas reuniones nos podemos congregar alrededor de sesenta individuos entre niños, familiares y amigos. Las chicas del grupo de WhatsApp Las más de lo más, madres y amigas de El Rompido solemos quedarnos casi todas. Los que a veces, por motivos varios, no aparecen por allí son nuestras parejas.

El restaurante del Club Náutico Río Piedras no es gran cosa por fuera, pero tiene unas bonitas vistas, al estar ubicado frente a la ría. Observar los atardeceres desde este lugar, en buena compañía y saboreando un buen café, es un verdadero lujo y todo un espectáculo. No se encuentra en el centro neurálgico del pueblo, sino a las afueras, saliendo de la villa en dirección a El Portil. Es ideal porque dispone del espacio necesario para que los niños jueguen y corran sin ponerse en peligro.

Cuando mi amiga Lourdes y yo volvemos del baño, Frida ya ha dejado de contar sus historias y ahora la que lleva el peso de la conversación es Ana Linares que, como siempre, está con su tema favorito: «la educación de los niños». Qué mujer…, ¡por favor! No tenemos bastante con intentar realizar nuestra labor de madres lo mejor que sabemos y podemos, como para encima tener que escucharla a ella porfiar continuamente sobre el tema. Cuando se pone en este plan nos hace sentir a las demás como alumnas atrasadas o malas madres. De hecho, por rebeldía y a sus espaldas, algunas hemos creado un grupo de WhatsApp paralelo: El club de las malas madres.

Ana tuvo que dejar su trabajo de geóloga para hacerse cargo del cuidado de sus hijos. Esta circunstancia no es que la tenga frustrada; todo lo contrario, está encantada de quedarse en casa ocupándose de sus retoños. Su marido, Antonio Fuentes, es un neurólogo muy competente por lo que ella no necesita trabajar ya que están cubiertos en cuanto al tema económico. Ana, al quedarse embarazada de su segundo hijo, decidió que no le compensaba pagar a una canguro tantas horas como su intensa jornada laboral le exigía. Dos años más tarde, sin haberlo planificado, se quedó preñada por tercera vez. Ocurrió que Antonio llegó un poco contento y con ganas de echar un polvo tras la cena con unos colegas y, claro, mi amiga, con el aburrimiento existencial de estar veinticuatro horas rodeada de niños y añorando la fogosidad de tiempos más fructíferos, pues se dejó llevar. Acabaron empotrados en el sofá del salón, tan fascinados por su arrebatadora excitación que no pensaron en las consecuencias que les podría acarrear aquella pasión momentánea. El cansancio vital del día a día no propiciaba frenesís como el de aquel instante y no iban a dejar pasar un momento que podría no volver a repetirse.

En fin, con dos niñas y un bebé, esta chica ha tenido que cambiar el chip y convertirse en una supermamá sacrificada y abnegada. Por eso está siempre hablando de la educación de los niños, pero no solo de los suyos, sino que reparte consejos a toda madre que se cruce en su camino, quieran o no escucharlos. Para mí que les hace un escáner psicológico a nuestros hijos y maquina cómo hacerlos tan perfectos como espera que sean los suyos por eso de «dime con quiénes andan tus hijos y te diré cómo serán en el futuro».

Reconozco que nosotras le damos pie porque sabemos que es la persona idónea a la que acudir para preguntar todas las dudas que nos surgen, ya que ha leído todo lo que se ha podido publicar sobre crianza y educación e, incluso, ha acudido a congresos especializados que versaban sobre dicha materia. No me cabe la menor duda de que vive para hacer una cruzada didáctica en el entorno, cruzada destinada a propiciar la mejor educación posible para sus hijos y, por ende, para los niños que se relacionan con ellos.

En cuanto a lo que piensa Antonio del proyecto de su mujer… Bueno, él bebe los vientos por ella, le aguanta muchas de sus cabezonerías porque conoce muy bien a Ana y sabe que, en el fondo, está aterrada, horrorizada por que se levante algún viento maligno que envuelva y pueda destruir la existencia de cualquiera de sus polluelos cual castillo de naipes.

Claro que toda la verborrea que está soltando en este momento sobre el tema «nos la trae al pairo» a las demás porque, con dos *gin-tonics* en el cuerpo, a mí lo que me apetece es mantener otro tipo de conversación. Aburrida, echo un vistazo por los alrededores buscando a Jorge y a Laia por si los puedo utilizar como excusa para largarme de aquí un ratito. Veo a Laia en la pasarela de acceso a los pantanales con el grupito de niñas de su edad y parece que se lo están pasando pipa inventando coreografías de baile.

¡Qué daño están haciendo a estas mocosas las series de hoy en día como la producción argentina *Violeta* o la americana *Shake It Up*! Todas parecen cortadas por el mismo patrón: chicos y chicas guapos que cantan y bailan genial y que, además, se dedican profesionalmente a ello. Por eso, Laia no cesa de decirme que de mayor quiere ser artista.

«¿Cuántas madres a lo largo de los últimos siglos no habrán escuchado lo mismo?», sonrío pensando en ello.

«Vale, pues la niña no me sirve para escaquearme, porque no me apetece unirme al bailoteo».

El ambiente cada vez está más enrarecido. Se nota en las caras rojas y las miradas asesinas que están poniendo varias chicas. Me huelo que más de una está pensando en agarrar por los pelos a Ana, que se está poniendo un pelín impertinente con sus comentarios. ¡Mira que le gusta polemizar! Fátima El Ghalid le rebate una y otra vez lo último que ha dicho sobre que tenemos que dedicarles mucho más tiempo a nuestros hijos. Le argumenta que debe primar la calidad sobre la cantidad y… ¡Ostras! Ana le acaba de soltar que ya está harta de oírla hablar de calidad cuando todo el mundo sabe en El Rompido que ella se dedica a trabajar, a hacer deporte y a viajar, dejando a sus dos hijos ya sea con sus suegros o con cuidadoras que va cambiando por capricho y sin necesidad, como si no quisiera que los niños se encariñaran de ellas por no sentir que las canguros la están sustituyendo en los corazones de sus pequeños.

Fátima es de origen marroquí, oriunda de Casablanca, pero sus padres se mudaron por negocios a Madrid siendo ella casi un bebé y, como no eran creyentes, le dieron una educación laica, liberal y occidentalizada. Es más, diría que, incluso, tiene menos prejuicios en casi todos los temas que todas las mujeres de El Rompido juntas. Periodista *freelance* y encargada de establecer las estrategias de *marketing*, promoción y gestión de la empresa de su marido, adora su trabajo y no renunciaría a él por nada del mundo. Ni por sus hijos, aunque los idolatra y quiere como la que más. Cuida mucho su aspecto físico y se podría decir que está enganchada al deporte porque le encanta comer y es propensa a engordar. Aprovecha cualquier minuto libre para contrarrestar los excesos que comete en las infinitas fiestas a las que la invitan o en las que ella misma organiza. Siempre he pensado que debería estar hecha un palillo por lo estresante que parece su vida desde fuera, pero, como Fátima siempre dice, a ella el estrés le engorda. Lo que más llama la atención de su físico son sus ojos, grandes y de color verde oliva, enmarcados en un rostro ovalado con cejas cuidadosamente perfiladas.

¡Cómo odio las discusiones! Esta ya es imparable, así que me levanto y me acerco al grupo de los chicos que se hallan apilados entre las escaleras y la barra del restaurante.

No sé por qué siempre acabamos las hembras por un lado y los varones por otro. Debe de ser un mal endémico propio del género humano lo de agruparse por sexos. Esta forma de actuar me hace pensar que buscamos sentirnos identificados en nuestros roles sexuales, y de ahí estas alianzas. Nos consideramos más seguros al unirnos por géneros, siempre buscando la similitud. Sin embargo, hay excepciones en la pandilla; dos féminas suelen rondar a los chicos: Felicidad de la Rosa y Luna Bernáldez. Se las puede encontrar a ambas bien pegaditas a sus parejas. En este tipo de reuniones prefieren mantenerse cerca de ellos e, incluso, cuando salimos a cenar se aseguran de acomodarse a su lado. Las demás criticamos con ironía ese comportamiento tan pegajoso y dependiente. Sobre todo, en el caso de Luna, aunque dudo que esos sean los motivos de Felicidad. Felicidad es extremadamente tímida o introvertida. Pienso que para ella los hombres son el escudo tras el que se parapeta para protegerse de nosotras, las madres cotillas, que podríamos perturbar su aparente paz interior. Mientras la observo, intentando que no se note, me vienen a la mente una y otra vez pensamientos extraños. Siempre he creído que tiene miedo de algo o de alguien. ¿Tendrá secretos inconfesables? ¿La atormenta algún suceso de su pasado? ¿Tiene miedo de que salga a la luz algún acto escabroso del pasado profesional de su marido Renato Rúales, exdirector de cine venido a menos?

Tengo una imaginación enfermiza; esta se desborda cuando el aburrimiento me abruma. Sí, porque menudo error he cometido al venir a este sector, ya que, a estas alturas, muchos de los chicos van bastante bebidos y las conversaciones que mantienen son más bien espesas.

Antonio está hablando con José Barroso de pesca, el monotema que siempre sacan cuando se reúnen. A Antonio le apasiona la pesca como *hobby* y José se gana la vida con ella, pues es capitán de barco pesquero. A nuestro neurólogo, ir a la busca y captura de peces, cuanto más grandes mejor, es lo único que le relaja del estrés del hospital. En sus días libres, en cuanto sale el sol coge el barco y se echa a la mar. Eventualidad que es fuente de conflicto constante con su mujer, Ana, ya que esta se queja con amargura de que no pasa el tiempo suficiente con ella y sus hijos, que es terrible que los ponga detrás del trabajo y de su memez de pasatiempo.

Jorge, Jesús, César, Enrique y Miguel están sentados en las escaleras escuchando lo que cuenta Christian Aranda de las oportunidades de mercado que tiene el desarrollo de aplicaciones móviles. Comenta que por esos derroteros van los últimos productos en los que su empresa está involucrada en los últimos tiempos. El monólogo de nuestro convecino es interesante porque las nuevas tecnologías es un tema que fascina y engancha a los de nuestra generación. Explica que solo hay que tener conocimientos de programación para poder crear aplicaciones propias según los intereses o negocios de los individuos que se pongan a ello. Continúa diciendo que, aunque es un proceso algo complejo, no es imposible. Prosigue enumerando una serie de servicios gratuitos que permiten crear desde cero y paso a paso todo un montaje tecnológico empresarial.

A mí me suena todo a chino e imagino que a alguno que otro de los presentes también, aunque no a Jorge o Enrique que, de vez en cuando, meten baza en el tema haciendo algún tipo de pregunta, asintiendo o matizando sobre el mismo.

El efecto del alcohol hace que Christian repita una y otra vez la misma conclusión: «se trata de un mercado en el que todavía se pueden descubrir cosas nuevas y en el que aún se pueden desarrollar cantidad de proyectos. Si se tiene una buena idea, uno se puede hacer rico creándola, perfeccionándola y distribuyéndola, sin necesitar apenas ayuda externa».

A estas alturas estoy tan cansada que le susurro a Jorge que va siendo hora de que volvamos a casa. Faltan unos minutos para las diez de la noche y este viernes me está resultando muy largo. Como él también está agotado se levanta con premura y nos vamos despidiendo de todos. Observo caras largas por las discusiones; rostros exhaustos por un viernes tan ajetreado; facciones pensativas o ausentes por ciertos problemas latentes; semblantes endurecidos, no tengo ni idea del porqué; rasgos nebulosos por efectos del alcohol… En fin, bosquejos o percepciones de historias que crea mi imaginación para cada uno de mis amigos. Jorge dice que algún día me estallarán en las manos algunos de estos episodios fantasiosos e ilusorios y que no debería analizar de forma tan minuciosa a las personas que nos rodean. Esta manía mía le pone nervioso y yo cada vez le cuento menos al respecto, aunque, a veces, no puedo dejar de hacerlo. Hoy, sin embargo, no me apetece referirle que he notado miradas gélidas, movimientos bruscos de espalda, copas que se vaciaban con rapidez, roces furtivos en cuerpos que no deberían tener esa complicidad, palabras irónicas cuyo significado no ha captado la persona a la que iban dirigidas y una atmósfera más henchida de emociones y sentimientos que en otras ocasiones. No sé si el agotamiento por un duro día de trabajo más el evento han provocado que maximice cualquier cosa esta noche, pero lo cierto es que me apetece correr en busca del calor de mi hogar para no tener que seguir percibiendo tantas señales turbadoras, furtivas, aciagas y hasta sombrías. Mejor pensar que mañana será otro día, que arribarán vientos del suroeste a la ría de El Rompido; aires nuevos que se llevarán mis agoreros presagios hacia otras latitudes foráneas menos amadas que estas.

3

El sol primaveral entra a raudales por la puerta de cristal de la pequeña terraza de la habitación de Laia revelando, implacable, la suciedad de la misma. Un día de estos tengo que limpiarla, pero ¡es que me dan tanta pereza las labores del hogar! Más de una vez he pensado en engañar a Jorge y pedirle a alguna chica de la limpieza que venga a asear la casa por la mañana, cuando estamos trabajando. No me decido a dar este paso porque acabo sopesando los pros y los contras y, al final, me decanto por respetar el acuerdo tácito de confianza ciega en la pareja. Jorge no es partidario de que venga nadie a echar una mano en la limpieza de nuestro hogar; argumenta que es el único esfuerzo manual que realizamos y que, si no nos ocupamos ni de eso, acabaremos aburguesándonos. En fin, creo que, con independencia de lo que opine sobre el tema, ya estamos irremediablemente aburguesados e, insisto, me joroban bastante los quehaceres de ama de casa.

Debo reconocer que Jorge no es de los que se escaquean cuando nos ponemos los sábados por la mañana escoba va fregona viene, pero tampoco es de los que ven las pelusas por los rincones, la suciedad de las ventanas o los lamparones en la cocina.

No sé qué me pasa esta mañana…, no logro concentrarme en lo que estoy escribiendo y debo acabar la entrada semanal del blog en el que llevo trabajando más de un año. Este proyecto empezó como el reto personal de una escritora aficionada y, ¡sorpresa!, en cuestión de meses he alcanzado miles de seguidores. Lectores que me suben la moral con sus comentarios, que me animan y que me demandan más y más historias. Escribo entradas donde cuelgo relatos medio ficticios, medio reales, medio autobiográficos en los que mezclo el humor con la ironía, el erotismo con la crudeza de episodios truculentos y, no sé por qué razón, ¡a mis lectores les encantan!

Hoy estoy algo obtusa, creo que no me va a dar tiempo a terminar la entrada en la que estoy trabajando, un relato sobre mi abuela Lola, antes de que llegue la hora de ir a recoger a Laia al colegio.

¡El timbre de la puerta! ¿Quién será? Algún vecino habrá visto el coche en el aparcamiento y vendrá a hacerme una visita. O se estará preguntando si hoy he salido de trabajar un poco antes o vendrá a cotillear y a enterarse de por qué estoy en casa. Puede que, simplemente, venga a pedirme algún ingrediente que haya echado en falta cuando se ha puesto manos a la obra con el almuerzo. Los hados se confabulan contra mí… ¡No podré acabar la historia de la abuela Lola!

—¡Ya abro! ¡Un momento!

Bajo corriendo las escaleras y casi me mato. Llevo unas zapatillas de estar por casa que me están grandes, que se me salen de los pies a cada paso que doy, que hacen que mis tobillos se doblen hacia los lados de una forma un tanto siniestra. Creo que tienen vida propia y que intentan lesionarme para que las jubile de una vez por todas.

—¡Hola, Lourdes! Pero ¡qué sorpresa! ¿Hoy no abres la tienda? —pregunto, sin discreción alguna, a mi amiga empresaria y máxima confidente desde que llegué a este pueblo. Es la dueña de la tienda de ropa coqueta y con gusto que está ubicada en mitad de la cuesta, bajando hacia la plaza de la Sirena y a la derecha de la farmacia del pueblo.

—Hola, chica. Sí, he abierto, pero la he cerrado un momento para ir a la panadería y a la frutería a comprar una chapata y unos tomates para hacer un salmorejo y, como he visto que estaba tu coche en la puerta, pues… he pasado a verte y a contarte unas cositas —responde Lourdes sonriendo, algo azorada.

Me digo que tiene un morro que se lo pisa. La verdad es que ha tenido que desviarse bastante desde la pequeña tienda de ultramarinos de nuestra convecina a mi casa.

—¿Te he interrumpido? ¿Estabas trabajando?

—Sí y no. Hoy he llegado un poco antes del trabajo y me he puesto a escribir un relato para el blog. —Lourdes es la única del pueblo que conoce mi «secreto»: el blog anónimo en el que me explayo de lo lindo sobre cualquier tema que me plazca con la despreocupación que da el anonimato.

—¿Has vuelto a retratarme en él? —me pregunta sonriendo, porque a ella le encanta ser la protagonista o, como siempre me dice, «me vale también lo de ser un personaje secundario en tus escritos». Por eso siempre anda contándome historias descabelladas, que creo que se inventa o exagera, de sus clientas o de sí misma.

—Siento decepcionarte, pero esta vez estoy con una historia familiar. Bueno, ¿qué? Aunque es la una y cuarto… ¿quieres un café o prefieres una Coronita bien fría?

Una vez que Lourdes ha entrado, cierro la puerta de la calle.

—Una Coronita, pero solo si me acompañas —dice con una gran sonrisa pícara en su fino y elegante rostro.

Me encamino a la cocina haciéndole un gesto con la cabeza para que me siga. Saco las cervezas y abro una bolsa de patatas para acompañar. Gracias a Dios ni ella ni yo tenemos que luchar con la báscula porque nuestra genética nos ayuda bastante en ese aspecto.

—Bueno, desembucha: ¿qué es lo que venías a contarme? Es muy raro que hayas cerrado la tienda tan temprano, que me hagas una visita a estas horas y, además, se ve a cien leguas que estás deseando soltarlo. ¡Ya puede ser bueno! Estar en plena faena y que te interrumpan... ¡Con lo que me cuesta escribir media página de lo que sea!

—Anda, ¡serás borde! —dice dándome un pequeño empujón en el hombro—. ¡Si gracias a lo que te cuento tu blog es un éxito! —Sonrío condescendiente y me siento en un taburete a la vez que le acerco con el pie otro a ella.

—Entonces…, ¿qué te traes entre manos? —la animo a hablar.

Se está haciendo tarde y dentro de treinta minutos tenemos que ir a recoger a nuestros hijos al colegio.

—Verás, hoy ha pasado algo muy raro. Esta mañana abrí la tienda, igual que hago todos los días después de dejar a los niños en el cole. Como siempre, vi bajar a las madres de El Rompido a desayunar. —Entiendo que se refiere a nuestras amigas, las de nuestro grupo, aquellas con las que interactuamos diariamente y, claro, las que no trabajan—. Me asomé a ver adónde iban a parar esta mañana, si al Singladura o a la cafetería de Inma, para acercarme después a por un café y saludarlas… Justo en ese momento, Frida, que también iba con ellas, no sé cómo… se cayó en mitad de la cuesta.

—Vaya, y, ¿se hizo daño?

—Al parecer, no mucho. Aunque la caída fue muy aparatosa. Continúo contándote, que si no se me va el hilo. Todas las chicas se arremolinaron a su alrededor para ayudarla. Unas, intentando incorporarla, otras, simplemente estirando el cuello para ver si corría la sangre.

—Hija, cómo eres —la regañé por su manera de hablar.

Continuó hablando sin hacerme caso.

—Yo también fui corriendo a echar una mano. Les dije que la metieran en la tienda, que la podían sentar en mi silla y que le podíamos dar un vaso de agua para ayudar a que se le pasara el susto. Me hicieron caso, aunque todas miraron antes a Ana para ver qué decía ella, ya sabes…: nadie mueve un dedo hasta que la abeja reina abre su preciosa boquita.

Lourdes y yo le pusimos a nuestra amiga Ana el mote de «la abeja reina» por su personalidad arrolladora y tras leernos *Las abejas reinas*, el libro de Gill Hornby. Una novela que nos pareció muy inteligente y sarcástica. Nos gustó mucho y tardamos muy poco en trasladar su argumento a nuestro pequeño pueblo, ya que, resumiendo, cuenta los juegos de poder, las aceptaciones en el grupo y las relaciones amistosas entre la comunidad de madres de una escuela. Nos reímos mucho con este libro en su momento. Fuimos un poco perversas al identificar los tipos femeninos que se describen en esta novela con nuestras amigas y conocidas. En cuanto a Ana, lo tuvimos clarísimo: ¡la abeja reina! La cabecilla, a la que siguen con devoción un pequeño grupo de mujeres desesperadas. Lourdes y yo estamos orgullosas de ir un poco por libre, aunque, como mi perversa amiga me recuerda de vez en cuando, yo fui una de sus más fieles adeptas en un tiempo no muy lejano.

Lourdes hace una pausa de efecto antes de comentar con un tono de voz más bajo:

—Estaba superpálida. Le costó recuperarse incluso después de tomar un poco de agua y de que la abanicásemos con uno de los *Vogue* que tengo en la tienda.

—¿Qué dices? —demando preocupada.

—Como oyes. Tenía los ojos enrojecidos, como si se hubiera fumado un porro.

—¡Anda ya! Mira que eres bruta… —La miro atónita por la burrada que acaba de soltar.

Lourdes, muy seria, reitera de nuevo su percepción.

—Sabes tan bien como yo que cuando fuma porros se le ponen los ojos fatal. Más de una vez lo hemos comentado.

—Sí, claro, pero ella fuma solo cuando está de fiesta. No creo que acostumbre a colocarse a las ocho de la mañana de un día entre semana —digo convencidísima de que tengo razón.

—Yo no digo que estuviera fumada, sino que lo parecía —puntualiza Lourdes—. Y no es solo eso; cuando se recuperó un poco, nos miró a todas como si no nos reconociera. Siguió así durante unos minutos; más tarde, dirigió la mirada en dirección a Rocío Alfonso y María

Montes que estaban a su derecha, una retirándole el pelo de la cara y la otra sujetándole cariñosamente la mano. Acto seguido, sin venir a cuento, se puso como ida. Estalló sin más. Le dio como un ataque. Empezó a gritar que la dejáramos en paz, que no la tocáramos… Fue un pelín surrealista. —A estas alturas del relato, como ve que estoy con la boca abierta por lo que escucho, hace una breve pausa.

—Ostras —acierto a articular —. Y…, ¿cómo acabó el espectáculo?

—Bueno… Ana echó a unas cuantas chicas a la calle mientras yo intentaba tranquilizar a Frida. Su cuñada, Rocío Barroso, probó a localizar a su hermano, pero este no daba señales de vida porque debía de estar en plena faena en alta mar.

—Entonces, ¿qué hicisteis? ¿Se acabó tranquilizando?

—Sí, acabó tranquilizándose y Ana decidió llevarla al ambulatorio para que la reconociese la doctora María de los Ángeles. No la podíamos llevar a su casa sin más… Nos tenía bastante asustadas. Después del ataque de nervios, Frida se quedó… ¿cómo te diría?… Como ausente.

—¿Y qué le dijeron en el ambulatorio? —pregunto intrigada.

—¡Ah! Eso ya no lo sé. En cuanto salieron de la tienda, me tomé un vaso de agua; el que le había ofrecido a Frida para que se le pasara el susto. Ella no consintió en bebérselo, pero a mí me vino muy bien. Me senté en la silla y ahí me quedé un rato hasta que llegaron las primeras clientas que, por cierto, eran alemanas. No les entendía ni papa, pero me hicieron una compra de casi trescientos euros.

Nos quedamos unos minutos en silencio, echamos unos tragos de nuestros botellines y, mientras yo intento asimilar e imaginarme las secuencias del episodio, noto a Lourdes expectante por escuchar mis reflexiones al respecto. Pero no se me ocurre nada que decirle.

Todo el mundo cree que soy un tanto intuitiva, clarividente, y, aunque peque de inmodestia, reconozco que algo de razón tienen. También es cierto que no suelo ser de pensamiento rápido, sino que absorbo la información y unos minutos, horas o semanas después, como si se me encendiese una bombilla, suelto un ¡eureka! imaginario y me surge la idea fantástica que todo el mundo acaba alabando. Con veinte años menos era muchísimo más rápida en mis intuiciones, pero ahora con cuarenta y tres parece que he ido dejando algunas neuronas por el camino y, como suelo decir, «soy de efecto retardado». Aun así, como diría mi abuela Lola si viviese, «la que tuvo, retuvo».

—Bueno, espero que lo de Frida no sea nada, que todo se quede en un pequeño ataque de ansiedad o algo así. —Lourdes me mira decepcionada. Desea escuchar más, pero en estos momentos es lo único que puedo ofrecerle.

—¿Tú crees que su relación con José…? Tuvo que ser duro para ella dejar su anterior vida y acabar conformándose con ser solo la mujer del capitán de un barco pesquero —dice Lourdes, en un vano intento de que salte la chispa en mi cerebro, pero como ya son muchos años de conocernos opta por comerse unas patatas fritas y dejarme a mi libre albedrío.

—Frida es una mujer fuerte. Creo que ella ha sabido lo que quería en cada momento de su vida. José no es un mal partido: es muy guapo, noble, leal, generoso, trabajador, cariñoso y, por lo que ella cuenta, apasionado —puntualizo esto último y acabo riéndome con ganas. Lourdes secunda mis carcajadas y por poco se atraganta con una patata. Tengo que darle varias palmadas en la espalda y se le saltan las lágrimas, no sé si debido al atragantamiento o por la risa desatada. Ambas, enseguida, rememoramos ciertos episodios erótico-sexuales que Frida nos confió en una de nuestras salidas de «solo chicas» sobre su marido y ella estando bajo los efectos del alcohol—. Siempre nos ha dicho que su carrera como modelo estaba estancada cuando lo conoció, que por eso no dudó ni un minuto el dejarlo todo y venirse a El Rompido con él. Ya llevan tres años juntos y se les ve muy bien. Creo que a ella lo único que le martiriza es no haber sido mamá. Ya sabes lo que le gustan los niños. Se le cae la baba con los bebés y es supercariñosa con los hijos de las demás. Acuérdate de cuando el año pasado José y ella fueron a la clínica IVI de fertilidad de Sevilla a hacerse pruebas. Hay que ver qué mal lo pasó porque no conseguía quedarse embarazada. Sin embargo, José tuvo una paciencia infinita con ella. Le aguantó la gran carga emocional que arrastraba: la esperanza, ilusión o alegría al principio del tratamiento y la pérdida de control al fracasar en el mismo. Él no se desesperó, la apoyó en todo momento. La cuidó muchísimo y no permitió que ella se sintiese sola en todo aquel proceso. A lo mejor ha comenzado un nuevo tratamiento de fertilidad y por eso el mareo. Puede que tenga un subidón hormonal o algo así.

—¡Claro! Seguro que ha sido eso, pero… ¿qué me dices de cómo se puso después de que se le pasara el vahído? ¿Y el bajón que le dio después? —pregunta Lourdes, dejando translucir la inquietud que le ocasionan estos interrogantes en sus bonitos ojos.

—Ni idea. No sé. Lo dicho: efectos secundarios o síntomas del tratamiento. Lourdes, no vale la pena ponerse a especular. Lo importante es que Frida se recupere pronto, que lo de hoy no haya sido nada por lo que preocuparse y que dentro de unos días… ella misma se ría contándonos el mal trago que ha debido de pasar esta mañana.

Ambas respiramos hondo. Continuamos picoteando patatas unos minutos más y bebemos los últimos tragos de cerveza.

—¡Huy! Son casi las dos, tenemos que ir a recoger a los niños. ¿Te vienes en mi coche? —pregunto a Lourdes, poniéndome de pie en un salto.

—Por supuesto. ¿No querrás que vaya andando hasta allí? —responde sonriendo. Acto seguido, vuelve a ponerse seria y dice—: Puede que alguna de las madres tenga algo más de información sobre el estado de Frida. Tal vez su cuñada Rocío.

—Sí. Doy por sentado que no se habrá separado de ella en toda la mañana, aunque en el pasado hayan tenido sus más y sus menos. —En la familia Barroso cayó como un jarro de agua fría que José se liara con «esa pelandusca sevillana», para más inri modelo, «que seguro lo va a llevar por el mal vivir». Mientras que la familia López consideró inaceptable que todo el sacrificio que habían hecho por la niña se fuera al garete «por un marinero muerto de hambre». Los años que llevan juntos han apaciguado los ánimos, pero el rescoldo de las brasas encendidas en los primeros tiempos todavía revuelve «bilis» en los dos clanes—. Cualquiera, ante una situación así, reacciona con humanidad.

—Ya. Seguro que tiene a todos los rompieros Barroso metidos en casa volviéndola loca. No sé si me da más pena esto último o lo que le pasó esta mañana —enuncia Lourdes mientras entra, se acomoda en el asiento del copiloto y cierra la puerta de mi pequeño Yaris rojo.

No nos da tiempo a mucho más, pues en apenas tres minutos llegamos a las puertas del centro de enseñanza de educación primaria de El Rompido y ahí todo es un caos: el autobús escolar que viene a recoger a los niños; los padres que llegan estresados del trabajo, que no paran de pitarse entre sí, que aparcan de mala manera, que dan frenazos al menor atisbo de que se les vaya a cruzar algún niño, poniendo así en peligro la integridad de los coches y de los conductores que los ocupan; el policía local que intenta poner orden en esta anarquía o la conserje Virtuditas que, como hábil centinela del colegio, impide que algún pupilo salga por la puerta si no es acompañado por un familiar o monitor de transporte.

Tanto Lourdes como yo, una vez aparcado el vehículo, preguntamos a unas y a otras si se sabe algo más sobre el estado de Frida, pero o no se han enterado aún o conocen del tema menos que nosotras. Lo cierto es que este suceso es hoy la comidilla entre las madres. Así lo demuestran los numerosos corrillos que se han formado en el patio del colegio. Los gestos nerviosos de las manos, las miradas de soslayo a ambos lados, como si cotillear sobre Frida y su caída mañanera tuviera más connotaciones que las justas. Nos acabamos embrollando en un círculo sin salida, en la emoción de la palabrería de quien cree saber algo más que las demás y quiere aprovechar esa popularidad momentánea. Al final, resulta un pelín patético.

No me siento cómoda ante tanta expectación grupal y decido que en cuanto vea la cabecita de Laia nos vamos pitando. Sin embargo, poso la mirada durante unos segundos en el rostro de María Montes, considerada la mejor amiga de Frida, que está como absorta en sus pensamientos, sola y apoyada en la pared del fondo del patio. Dudo unos segundos, pero veo tanto desconsuelo en su rostro que decido acercarme.

—Hola, María. ¿Todo bien? —saludo y pregunto, al tiempo que presiono levemente su brazo.

María pega un respingo, porque solo ha sido consciente de mi presencia cuando la he tocado.

—Sí, muy bien —contesta con demasiada premura—. Aquí, tomando el sol porque después del invierno que hemos pasado... con tanta lluvia, pues apetece. — Sus palabras suenan insustanciales. Intenta plasmar en su rostro una sonrisa tan forzada que los engranajes de mi cerebro archivan esta información artificiosa. No quiero ponerla en ninguna tesitura o incomodarla, así que decido no sacar el tema de Frida si ella no lo hace.

—Tienes razón, estos días preprimaverales son muy agradecidos. No podemos desaprovecharlos. Mira: ya asoman los niños. Laia, como siempre de las primeras y con la cara mohína porque a estas horas está hambrienta. Y, anda que no le mando para el recreo unos bocadillos monstruosos de jamón o de chorizo —banalizo la conversación aún más.

—Lo mismo digo de Carmen y de Carlos, aunque este último sea todavía un bebé —dice esbozando una dulce y sentida sonrisa, esta vez sí, al hablar de sus hijos.

—Bueno, María, nos vemos en el parque si Laia, después de la actividad extraescolar de Música, no tiene muchos deberes ni que estudiar para algún examen —digo señalando a mi hija, que llega echando humo y exigiendo con la mirada que deje de hablar y que la lleve pitando al coche porque está hambrienta. Además, la misma ojeada me manda el mensaje de: «y espero que hoy me compenses por las lentejas que me tuve que comer, obligada, ayer».

—Veremos cómo se presenta la tarde —dice María, bajando la mirada hacia la punta de sus zapatos.

No tengo tiempo de contestar o de volver a mirarla porque en estos instantes un huracán coge mi mano y me conduce, casi arrastrando, hacia la salida del centro. Sin embargo, cierta tesis empieza a tomar forma en algunas de las cajas organizadoras de mi cerebro. Intento retenerla, pero se volatiliza en segundos por todo el bullicio que hay a mi alrededor.

4

Siempre lo mismo..., gimoteando por todos los rincones de la casa. Ella cree que no me doy cuenta de las miradas lastimosas que me dirige a escondidas. Disimulo, hago como si todo fuese bien. Sonrío, le hago el amor con la cabeza en otra parte. Absorbo su dolor y aparco el mío, actúo como si nada hubiera cambiado.

Es tanto el esfuerzo a realizar para que la familia no se desmorone como un castillo de naipes con una ráfaga de viento que estoy olvidándome de lo más importante...: ¡Callar la boca a la perra! A ese animal monstruoso que quiere contaminar la vida de mi familia, emponzoñarla con el veneno de sus palabras.

Tengo que salir de casa.

¿Qué excusa puedo dar?

Me voy a volver loco. Pensamientos dispares aturrullan mi mente. Necesito despejarme para idear un plan.

Debo hacer desaparecer de la faz de la Tierra su alma, su espíritu.

No me importa su cuerpo. ¿Nunca me ha importado?

Durante cierto tiempo fue mera herramienta de placer, de perversión, de mi locura, de mi debilidad ante su embrujo.

La farsante ha conseguido lo que quería. Pero no le basta con ello. ¡No! Ahora quiere condenarnos. Le supliqué, le di la oportunidad de salvarse, hice todo lo que pude para que... Pero se ha vuelto loca. No quiere escuchar. Me escupió a la cara palabras crueles. Palabras que solo una malnacida sería capaz de poner en su apestosa boca.

Tú te lo has buscado, ya nada ni nadie conseguirá socorrerte. Tu destino es una muerte temprana. Mi fatalidad o mi ventura, según se mire, es redimirme derramando tu sangre.

¡Tu sangre ahora es mi sangre!

Seré la mano justiciera, aniquiladora. Al acabar contigo, acabaré también con tu estirpe. No eres digna de engendrar porque tu vientre solo puede fecundar el vil reflejo de una alimaña. Un pequeño monstruo, a tu imagen y semejanza.

Diré que voy a reciclar el vidrio o a comprar cualquier nimiedad. No sospechará. La besaré antes de irme y lograré que, por un momento, se olvide de todos los problemas que nos acechan.

Pobre e insulsa mujer, todo lo que voy a hacer lo hago por ti y por nuestros hijos. Sé que si te contara lo que me atormenta, que si la repugnante tarántula te contara lo que la martiriza… me abandonarías, me odiarías o, peor aún, ¡serías capaz de juzgarme! ¡Un ser tan simple como tú! Prefiero tu mirada de gratitud e, incluso, de compasión al vacío, a la nada, a la oscuridad. Si la puta te relatara nuestra maldad… no podrías ni mirarme, ni mirarte, ni mirarla. Sentirías lo mismo que si te apuñalaran una y mil veces. ¡Y no mereces eso! ¡Jamás dejaré que nuestra desvergüenza te perturbe! ¡No puedo permitir que te salpique ni una gota de su saliva! ¡Ni que sus hilos arácnidos nos estrangulen!

Ya pagaré mis pecados en el Juicio Final. Me arrodillaré ante el Ser Supremo e inclinaré la cabeza para que me decapite y, acto seguido, me arroje a lo más profundo del infierno. Sin embargo, ahora te necesito, me necesitas, nuestros hijos nos necesitan.

5

Las sombras de un amanecer primaveral y despejado se extienden por la carretera como regueros de agua. Me acompañan esos diez minutos que tardo en ir desde la urbanización donde vivo en El Rompido hasta la puerta del instituto de Cartaya, donde trabajo como profesora de Lengua y Literatura.

Hoy voy escuchando el disco que compré en el último concierto de Los Coronas en la sala Habana de Huelva. Esta música siempre me transporta a la película dirigida por Quentin Tarantino y protagonizada por John Travolta, Uma Thurman, Bruce Willis y Samuel L. Jackson: *Pulp Fiction*. Hace unos meses leí un artículo en el periódico *El Mundo* que decía que esta película, junto a *Mary Poppins* y *Gilda*, había sido seleccionada en el 2013 para ser incluida en el Registro Nacional de Cine de la Biblioteca del Congreso de EE. UU. por su significativa relevancia cultural, histórica o estética. Me pongo a pensar en las películas españolas que yo seleccionaría si España dispusiera de un registro nacional semejante. Mis favoritas serían *El Verdugo* de Berlanga, *Los Santos inocentes* de Camus y *Mujeres al borde de un ataque de nervios* de Almodóvar.

Un coche me adelanta a gran velocidad y acaba dándome un susto de muerte. Va tan rápido que no lo he visto venir hasta que no lo he tenido encima. Ha desaparecido como un cohete. Debe de duplicar con creces el límite de velocidad permitido en este tramo. Entre que soy miope y lo zumbado que va, no reconozco el coche. Menuda bronca le esperaría si fuera algún conocido, pero ni siquiera he llegado a leer la matrícula. El muy capullo, o capulla, me ha estropeado el momento de relax que disfrutaba con la música y los pensamientos cinéfilos. De lo que sí estoy segura es de que es un coche grande y oscuro. Imagino que será algún desconocido con prisas y un tanto suicida, porque no concibo que ninguno de los residentes del pueblo sea tan temerario.

En el Instituto, según van pasando las horas, el día sigue estropeándose. Por doquier veo alumnos desmotivados, a los que le trae al pairo la Historia de la Literatura Española por más que los intente enganchar haciéndoles un retrato exagerado y frívolo del Arcipreste de Hita o les compare los libros de caballería con *Juego de Tronos*, la novela fantástica de George R. R. Martin que ha sido adaptada a la pequeña pantalla con un resultado magnífico. La labor de un profesor puede resultar tan frustrante que en ocasiones es fácil plantearse dejar la profesión. Solo los pequeños logros o algunos detalles de los alumnos consiguen que sigamos luchando por mantener la ilusión en nuestro trabajo. Lo que está claro es que hay que tener vocación para dedicarse a la docencia, porque son más numerosos los instantes en los que sientes que estás fracasando que los momentos en los que te realizas y te ves transportado al éxtasis educacional.

Menos mal que a la hora del recreo he recibido un wasap que me ha animado bastante. Frida me ha contestado al que yo le envié anoche preguntándole por su estado de salud. Tras emoticonos de caritas sonrientes, el texto: «¡¡¡Estoy perfectamente!!! Solo fue una bajada de tensión. La doctora María de los Ángeles cree que puedo tener algo de anemia, por lo que me mandó hacerme un análisis de sangre. Me lo he realizado esta mañana y después fui a desayunar con las chicas al Singladura. ¡Me he pedido un desayuno completo! No veas cómo me han tomado el pelo por lo de ayer. No curres mucho. Nos vemos esta tarde en el parque». Detrás otro chorro de caritas de beso.

Estoy cansadísima. Vaya día más tonto que llevo. Después de las clases he decidido pasarme por el súper a hacer la compra y allí me he tropezado con Rocío Alfonso y me ha dado un notición… ¡Está embarazada! Va a ser mamá por segunda vez. Justo ayer, después de lo de Frida, fue a la farmacia a por un Predictor y, minutos más tarde, se enteró de la buena nueva.

No sé si alegrarme o no por mi amiga ya que, con su primer hijo, Guillermo, lo ha pasado muy mal. Ese enano se ha comportado, desde el primer día que vio la luz, como un verdadero dictador con sus padres. La peor pesadilla de un matrimonio primerizo en estas lides. La pareja dejó de existir como tal para dedicarse en cuerpo y alma a rendirle pleitesía al mocoso. Para mí que hasta la salud de ambos ha acabado resintiéndose. Efectos colaterales, los de tener que renunciar a cualquier vida social o *hobbies*. Me consta que Rocío y Miguel, más de una vez, han tenido ganas de tirarlo por la ventana del coche y abandonarlo en alguna carretera secundaria y poco transitada.

La de veces que se lo han tenido que llevar del parque, casi arrastrando, porque se estaba comportando como un salvaje con los niños o con los adultos que pululaban a su alrededor; y la tortura de no poder irse a dormir más temprano de la una o las dos de la madrugada, y solo si el pequeño es acompañado por alguno de los progenitores, porque si no «aquí no duerme ni Dios»; hacer de Picasso en todas las paredes de la casa; mojar la cama todas las noches o dejar el rastro de su pis en todos los rincones del hogar («menos en el cuarto de baño, cualquier sitio es bueno»); la forma de *acariciar* abofeteando o pataleando a todo el que se le pone por delante, sea de la familia o no; aquello de interrumpir las conversaciones de los adultos con sus gritos endemoniados, etc. Un verdadero muñeco Chucky.

Si a todo eso añadimos que los que son sabios en cualquier tema le dicen a Rocío que el niño actúa así porque seguro que es de altas capacidades, ella no tiene otra que aferrarse a esa probabilidad: es la excusa perfecta para justificar cualquiera de sus acciones satánicas. Es eso o pensar que pueda estar criando un pequeño monstruo.

No quiero ni imaginar lo que pasará cuando se convierta en el príncipe destronado. Espero que próxima la fecha del alumbramiento pongan a buen recaudo todos los objetos punzantes o contundentes de la casa y que, nacido el bebé, mantengan a Guillermo lo más lejos posible de él.

¡Con lo positiva que suelo ser y lo negativa que estoy con este tema! A lo mejor todo cambia para bien. Lo espero de corazón, porque Rocío se lo merece. Es una pena que no haya tenido ni un momento de paz en los últimos años por culpa de su primogénito. No es vida estar siempre rondando la depresión y tomando ansiolíticos. Ahora tendrá que dejar de medicarse. De todas formas, se la ve contenta con la noticia del embarazo.

—Miguel y yo lo llevábamos hablando un tiempo y al final nos decidimos —dice un poco turbada—. Nos daba mucha pena que Guillermo no tuviese un hermanito. No es bueno que los niños sean hijos únicos, porque entonces se vuelven caprichosos y no aprenden a compartir. —Muevo la cabeza asintiendo, no quiero contradecirla en su estado, aunque no estoy de acuerdo con esa afirmación, ya que Laia es la personita más desprendida y generosa que conozco. En cuanto a lo de los caprichos…, hoy es raro ver a algún niño, ya sea hijo único o no, que no sea caprichoso—. A ver si os animáis vosotros también y le encargáis a la cigüeña un hermanito para Laia.

—Jorge y yo tomamos la decisión de no tener más niños hace tiempo. Con nuestra pequeña formamos un trío perfecto. Además, con eso de que somos los dos profesores y que tenemos que educar, además de enseñar, a decenas de niños cada año… Con ese trabajo extra ya vamos más que sobrados —contesto intentando no alargar mucho la conversación, porque sé que ahora que vuelve a estar embarazada necesita autoconvencerse de que la decisión tomada es la mejor para ellos y, por ende, para los demás mortales de la Tierra.

—Pues, hija, es una pena que Laia no tenga a nadie de su sangre cuando Jorge y tú no estéis en este mundo —me dice con voz de jueza sentenciosa, juraría que puesta adrede.

A estas alturas no sé si poner una excusa barata y salir por piernas o si otorgarle la razón para que vaya abreviando. Opto por lo último.

—La verdad es que sí, pero no soy tan joven como tú y llevamos una vida muy ajetreada. Por un lado, nuestros padres son mayores y padecen muchos achaques. Dentro de nada tendremos que ocuparnos de ellos y no es cuestión de meter un bebé por medio. Por otro lado, estamos fomentando la relación de Laia con sus numerosos primos, con ello esperamos que cuando nosotros «hayamos muerto» tenga alguien de «su sangre» con quien contar —le suelto de carrerilla para no tener que pensar demasiado en las gilipolleces de excusas que estoy poniendo. Eso sí, intentando dejar todos los cabos bien atados y que convenzan a esta simple.

—Hombre, los primos no son lo mismo que un hermano, porque… —No ha habido suerte, sigue erre que erre, así que no me queda otra opción que interrumpirla.

—Rocío, me alegro un montón por ti. Estás muy guapa y espero que esta vez sea una niña y, así, ya la parejita. Te tengo que dejar, porque he de ir al banco a arreglar unos papeles; luego a preparar la comida y a organizar algo la casa, que la he dejado hecha unos zorros; a las dos a recoger a Laia del cole y, a partir de ahí, un montón de cosas más —digo mientras me voy alejando lentamente por el pasillo, para poner distancia entre nosotras y conseguir marcharme sin resultar brusca.

—Prefiero que sea niño para que tenga más intereses en común con Guillermo. Vale, sí…, ¡yo también tengo muchas cosas que hacer! ¡Sí! ¡Nos vemos! —levanta paulatinamente la voz para que la siga escuchando mientras me voy alejando.

Sin más, huyo e, incluso, dejo de comprar algunos de los alimentos que traía anotados en la lista de la compra. Hago mutis por el foro y voy hacia las cajas de cobro sin mirar atrás, por si Rocío sigue mis pasos. Hay que ver lo mal que llevo lo de los tópicos en cualquiera de las parcelas de la vida.

Dejo las bolsas de la compra en el maletero y subo al coche pensando que cada día soy más asocial, pero es que me cuesta mucho seguir los mismos hábitos y las mismas conversaciones recurrentes, aunque sea con personas distintas. Jorge, después de escuchar durante años cómo me quejo una y otra vez de lo aburridas que me resultan las rutinas, pues ya llevamos dos décadas juntos, dice que siempre he sido «un culo de mal asiento» o, lo que para él es lo mismo, que tengo en el trasero petardos con mechas de distinto tamaño y que aguanto lo que esas mechas tardan en quemarse. Las épocas pueden equipararse a la longitud de las mechas: unos años, unos meses, unas semanas, unos días u horas, minutos o segundos.

Tengo que parar a repostar gasolina y, como ya he salido de Cartaya, lo haré en la estación de servicio de El Rompido.

¡Vaya! Voy a tener que esperar un poco. Sí que está concurrida la gasolinera. ¿Aquel no es Jesús? ¡Joder! «No veo ni tres en un burro», como diría mi abuela Lola. Tiene mal aspecto. Parece cansado. ¿Será verdad lo que me contó Lourdes, que le había contado Ana y que, a su vez, se lo había confiado María, su mujer? Lo de que la crisis les está afectando mucho y que, con toda probabilidad, tengan que cerrar la galería de arte MAGART, la que tienen en Huelva, y seguir solo con las ventas *online*. Al parecer, los problemas económicos por los que atraviesan son bastante graves. La verdad es que un negocio como ese hoy en día… ufffff. En época de vacas flacas, el arte como que no.

María siempre nos ha dicho que con lo que realmente ganan dinero es con lo que venden en el extranjero y que, por eso, su página web les es más rentable que la galería. La plataforma virtual a través de internet les permite una mayor difusión de las obras de sus artistas colaboradores. Con este modelo de gestión avanzan con más efectividad en las relaciones entre el artista y el cliente, además de estar conectados con la variedad y diversidad de servicios de ese sector.

María está muy orgullosa de su marido y habla en plural cuando comenta cualquier cosa del negocio, «nosotros esto, nosotros aquello», pero realmente son contadas las veces que ha pisado la galería en los ocho o nueve años que llevan casados. Jesús siempre la ha mantenido al margen, pues considera que «el lugar de la mujer está en casa». Es sorprendente que, en España y en el siglo XXI, personas cultas y de clase media sigan manteniendo ese reparto de roles. Jesús, en apariencia, es un hombre inteligente y educado, pero su actitud ante las mujeres es claramente misógina.

En los últimos tiempos anda un poco demacrado, pero se puede considerar un hombre atractivo al que las canas le sientan muy bien. Siempre he pensado que se da un aire a Lorenzo Milá, el corresponsal del telediario en Roma, pero con unos ojos más endurecidos y un mentón más decidido. En el grupo de «nuestros chicos de El Rompido», se puede incluir en el subgrupo de los de más edad, pero también en el de los que se mantienen en mejor forma física. Trata a las mujeres con educación, pero se nota a la legua que nos considera una raza aparte y de rango inferior. Usa con las hembras su pose más condescendiente y, aunque intenta disimularlo, mira a los maridos o compañeros que se comportan con nosotras con verdadera paridad con cierto desdén, como si fueran poco varoniles.

Aunque no es el único machista de El Rompido, pues aquí, como en todos los rincones del mundo, también encontramos cierto porcentaje de energúmenos que, por una razón u otra, siguen pensando que sus esposas o parejas les pertenecen y «o eres mía o no eres de nadie».

Siento que un escalofrío me pone el vello de punta al acordarme del argumento de *Te doy mis ojos*, película de la directora Icíar Bollaín. Para mí, la mejor representación de la psiquis de un maltratador llevada al cine: inseguro, lo que le lleva a querer poseer por completo a su mujer; víctima, de sí mismo y de la construcción tradicional de lo que es ser hombre; violento, traslada la agresividad que ha acumulado en otros ámbitos hacia su compañera; suplicante, se muestra con frecuencia falsamente arrepentido, etc.

Lo que más me sobrecoge de los maltratadores es que muchos suelen ser educados y hasta religiosos. Actúan como alimañas aletargadas, imposible verlas venir, y proceden con total impunidad sobre sus víctimas durante años o toda la vida.

No creo que Jesús llegue al extremo de agredir a María, porque ella está tan agradecida de que este le haya dado una vida con la que no se atrevía ni a soñar que ve por sus ojos, habla por su boca y actúa como sabe que él quiere que lo haga. Esta chica respeta tanto su estatus de proveedor financiero que lo considera el engranaje perfecto de su felicidad conyugal. Por lo mismo, considera que él tiene derecho a decirle cómo debe organizar su día a día y, por ende, de qué hablar o cómo comportarse en cualquier circunstancia.

María trabajaba en una cafetería del centro de Huelva cuando conoció a Jesús. Le servía el desayuno casi todos los días. Como era un local muy bien situado y de moda en aquella época, se dejaban caer por allí hombres y mujeres pudientes o de las más ilustres familias de Huelva. Ella se hacía notar por todos los medios, para que cualquiera de los hombres con raigambre que circulaban por el lugar se fijara en ella. Lo consiguió, porque, ¿quién se puede resistir a la belleza de una rubia despampanante, con actitud candorosa, superamable, que solía dejar a la vista sus impresionantes atributos pectorales con la única ayuda de un botón del uniforme estratégicamente desabrochado, de conversación intrascendente pero que enredaba en su fina tela de araña, de roce casual...? El despliegue de todas sus artes femeniles propició que Jesús se fijara en ella y que, tras unos meses de relaciones semiclandestinas, María se quedara embarazada. Este, al conocer la noticia, no dudó en pedirle que se casara con él, pero más por el sentimiento de obligación hacia ese bebé que se estaba gestando que por amor a la chica. Como el empresario es de los que ven a las mujeres como hembras necesarias para la procreación, la perpetuidad del linaje y la educación de los niños, lo mismo le servía María que cualquier otra hembra. Así que no dudó ni un instante en enfrentarse a su madre viuda y a sus tías solteronas por María.

Es hijo y sobrino único. El monarca déspota y machista de un entorno de mujeres débiles, enfermizas y sumisas, por lo que con una simple sentencia autoritaria tuvo el terreno allanado para su proyecto matrimonial.

Eso sí, la familia de María tiene totalmente prohibido visitar la casa familiar de El Rompido, pues Jesús no quiere mezclarse con esa ralea de «poligoneros», como los llama en privado, de la que desciende su mujer. Solo tolera su presencia en los eventos religiosos, como bautizos y comuniones, o familiares, como cumpleaños, pero siempre a cierta distancia del chalet que tienen a las afueras del municipio, en la urbanización Urberosa. Reserva mesa en alguno de los restaurantes del pueblo y su familia y él se sacrifican a fin de mantener la compostura social y no hacerle un feo irreconciliable a la familia política.

A María esto le basta, incluso se ha contagiado del pensamiento de su marido. Más de una vez nos ha dicho que ella es la que lo prefiere así, porque está muy harta de que los «parásitos» de su familia siempre estén pidiéndoles favores o dinero y que cuanto más lejos los mantengan, mejor.

¡Por fin me toca llenar el depósito! Con lo enredada que he estado con mis pensamientos, como siempre, ni cuenta me he dado del momento en el que se ha marchado Jesús. Pero ¡vaya!, él tampoco se ha acercado a saludar. Estará con mil cosas en la cabeza, como todo el mundo. Es lo que tiene la vida que llevamos, siempre corriendo de un lado para otro y, como no nos topemos de frente cuando nos cruzamos con amigos, ni nos miramos. Solemos estar más pendientes de nuestro mundo interior que de lo que nos rodea. No me explico cómo no ocurren más accidentes tontos, en el día a día, por esta insonorización y ceguera que envuelve a la sociedad actual.

Casi se echa de menos a las cotillas del visillo, aquellas que estaban constantemente pendientes de la vida ajena. Seguro que, además de sacar a la luz algún trapillo sucio, también ayudaban a arreglar entuertos, porque, una vez contado el cotilleo, los protagonistas tenían que buscar solución con rapidez si no querían que la agonía del chisme se eternizase.

6

Hoy hace una tarde espléndida para bajar al parque con Laia, pero si fuese por mí me quedaría en casa leyendo el libro que empecé ayer: *La casa redonda,* de Louise Erdrich. La obra está escrita con una prosa exquisita. Es fácil de leer, pero difícil de asimilar porque describe la vulnerabilidad de las personas ante sucesos trágicos que pueden romper de forma irremediable la tranquilidad de sus vidas.

Es lo que tiene ser madre, hay que sacar a los hijos al sol para que sinteticen bien su ración diaria de vitamina D. Así que hago un bocadillo de jamón para cada una y nos lo vamos comiendo por la calle mientras Laia me cuenta lo que ha hecho durante la mañana en el colegio. Otra faceta intrínseca de los padres, mostrar el máximo interés por lo que cuentan sus retoños.

Siempre que voy masticando fuera de casa me acuerdo de la abuela Lola y sus sentencias: «"las señoritas" no comen cuando van andando por la calle, es de mala educación y, desde luego, así no vas a conseguir un novio». Le cuento esta anécdota a Laia y se atraganta de la risa que le da. Menos mal que llevamos botellas de agua porque si no le da un patatús en medio de la acera. Me dice que a partir de ahora va a salir a merendar todos los días a los escalones de la entrada de casa, porque no quiere «conseguir un novio». ¡Inocentes ocho años! A ver si sigue pensando lo mismo cuando tenga el doble de edad. Ahora soy yo la que me río y la que está a punto de atragantarse.

Bajando la cuesta, en la que se encuentra la tienda de Lourdes —echando un vistazo por el escaparate veo que está ocupada con unas clientas, por lo que decido pasar de largo sin saludarla—, podemos ver parte de la plaza de la Sirena y del parque de arena. Laia enseguida divisa a su amiga Patricia y a sus hermanos y echa a correr para encontrarse lo antes posible con ellos.

No se ve por allí ningún niño más. Voy a tener que estar a solas con Ana Linares hasta que lleguen más madres. Hace unos años nuestra relación era más estrecha, pero se enfrió bastante cuando le dije que contaba demasiado de su vida personal y, aún peor, que era muy dada a juzgar las confidencias que le hacíamos los demás, que eso no estaba nada bien. Le aseguré que se metería en muchos líos por actuar de esa manera, que tenía que controlarse un poco y no soltar lo primero que se le venía a la cabeza sin haberlo reflexionado antes o sin haberlo filtrado un poquito, tanto de forma racional como con algo de empatía, porque dañar por dañar a sus interlocutores le acabaría granjeando enemistades irreconciliables. En el momento pareció comprender que se lo decía por su bien, pero lo único que conseguí fue que me mirara a partir de entonces con cierto rencor. Estoy segura de que interpretó mis palabras erróneamente y que creyó que me estaba metiendo en lo que no me incumbía. Así que, desde entonces, decidí vigilar yo también mi lengua. ¿Quién dijo que la sinceridad entre amigas es fundamental para mantener una relación noble? Pues quien lo dijera se equivocaba sí o sí. A nosotras nos había llevado a mantener una actitud forzada cuando estábamos juntas y presentía que, en cualquier momento, lo que todavía no se había dicho tanto de su parte como de la mía podría salir a relucir y acabar con nuestra amistad para siempre. Como mi intención es que la situación jamás llegue a esos extremos, voy con mucho cuidado en su presencia. A ver si hay suerte y hoy no me atolondra con sus teorías educativas. No traigo encima el estado de ánimo adecuado para ello ni me he puesto la máscara de marioneta de vodevil con la que consigo disimular y salir airosa en estas lides.

—¡Hola, Ayla! ¡Cuánto tiempo sin verte! —dice a la vez que me suelta un beso en cada mejilla. ¿Cuánto tiempo sin verte? Cualquiera diría que no coincidimos todos los días en la puerta del colegio mientras esperamos a nuestros hijos.

—Hola, Ana. ¿Qué tal? —contesto con la recurrente pregunta de rigor que estoy segura de que dará pie a que se ponga a referirme cualquier asunto que tenga en mente. A ver si acierto y puedo limitarme a asentir, con algún monosílabo o gesto de la cabeza, de vez en cuando.

—¿Te han contado ya que le han vuelto a robar en el barco a Antonio? —me suelta Ana a bocajarro, apretando los labios y haciendo rechinar los dientes por la rabia que le produce comunicar tal fechoría sobre un bien familiar.

Me quedo estupefacta. Es la tercera vez en los dos últimos años que le roban, y menos mal que lo tiene todo asegurado y ha conseguido que le restituyan el valor de lo sustraído en todas las ocasiones. Lo peor es la sensación de impotencia que se le queda al pobre Antonio, porque el barco es su pequeño reino, su oasis y, cuando este «es violado de esa manera», según sus palabras textuales, «es como si alguien lo estuviera ensuciando, mancillando y burlándose de mí con todo descaro». Se han quejado, tanto él como otros vecinos a los que les ha pasado lo mismo, al equipo directivo del Club Náutico Río Piedras en numerosas ocasiones para que aumenten la vigilancia, pero es casi imposible controlar estos actos vandálicos por lo que siguen ocurriendo de forma reiterada.

—¿Se sabe esta vez quién puede haber sido? —pregunto interesada y preocupada, pues los robos, tanto en las embarcaciones del puerto de El Rompido como en las casas de los residentes de verano, se han visto incrementados en los últimos tiempos. Incluso en las viviendas habitadas durante todo el año.

—No, nada de nada. Igual que siempre. Teóricamente… —hace el símbolo de las comillas con los dedos— es uno de los mejores clubs náuticos del litoral onubense. Te venden que tiene un inmejorable control de vigilancia y es mentira cochina —dice Ana conteniendo la rabia, aunque esta impregna la totalidad de su discurso.

—Y, Antonio…, ¿cómo lo lleva esta vez?

—Imagínate… Está harto. Pensando en poner sistemas de seguridad a bordo, alarmas y cámaras, aunque ya le he dicho que no sé si eso valdrá para algo y que lo que tiene que hacer es vender ese monstruoso agujero negro que no sirve más que para tragarse todo nuestro dinero. Lo que gasta en el dichoso barco debería invertirse en la educación de sus hijos —contesta furiosa, con cierto resentimiento hacia su marido.

—Bueno, Ana, vosotros también lo disfrutáis, porque cuando llega el buen tiempo pasáis muchos días a la otra banda y los niños se lo pasan pipa en esas excursiones —intento defender a Antonio porque sé que el barco es lo que le da fuerzas para seguir luchando cada día contra la enfermedad en el hospital. Sin ese pasatiempo...

—¿Y tú cuántas veces crees que utilizamos el barco?, ¿eh? —increpa, dirigiéndome una mirada poco amistosa—. En cuanto empieza el buen tiempo sale a pescar porque, según él, le relaja, le baja el estrés que acumula en el trabajo y recarga las pilas. ¿Y yo? ¿Quién piensa en mí? ¿Cómo me quito de encima yo el estrés que voy cargando todos los días con la educación de los niños y el cuidado de la casa? ¿Me compro un robot multiusos que me ayude o mando a tomar por culo todo y me pierdo donde nadie me encuentre jamás?

Oído lo dicho, estrecho con firmeza la mano de Ana, que me mira suspicaz. Sin embargo, yo la estoy mirando con seriedad y Ana entiende que de verdad me importa su felicidad y la de toda su familia.

—Bueno, cambiemos de tema, para qué hacernos mala sangre con lo mismo de siempre. Esto va a seguir así toda la vida y no se va a alterar por mucho que yo me queje. Ya estoy cansada de ir en contra del viento. Leí hace poco en una revista que, para ser feliz, hay que adaptarse a lo que se tiene; que, si esperas más y no lo consigues, serás infeliz toda tu vida. Y yo, por mis hijos, debo esforzarme en serlo.

Justo cuando Ana termina de decir estas palabras empiezan a llegar, como en un goteo, nuestras amigas y vecinas con sus críos. Estas enseguida le preguntan sobre el robo y ella se limita a contarlo de forma aséptica, sin dejar traslucir los sentimientos que, momentos antes, había expresado delante de mí. Guarda recato sobre sus emociones porque la herida sigue abierta y, por hoy, ya le ha supurado bastante. Opta por aletargar el dolor que le produce no poder pasar más tiempo con su marido.

Esta tarde el parque está bastante concurrido, ya que al final han venido unas ocho o diez madres con su prole. Nuestros hijos son felices rebozándose en la arena y saltando cual monos en los columpios.

Nosotras, sin perder de vista a nuestros retoños, empezamos varias conversaciones que aluden a temas frívolos y versátiles. La mayoría de las allí reunidas somos «cuarentañeras» y la mitad trabajamos fuera de casa. Casi todas nos mantenemos en buena forma y aparentamos menos edad de la que en realidad tenemos. Esto es así porque nos cuidamos y porque nuestros trabajos no son tan duros como para que nos desgasten demasiado. Analizo, resumo y almaceno lo que se dice, lo que se habla esta tarde, para quedarme con los cuatro temas principales:

La preocupación por el peso. Casi todas las chicas se muestran descontentas con su peso actual y, o bien están haciendo régimen con un naturópata de Huelva, o se dejan la piel haciendo ejercicio.

Las primeras van todas al mismo y comentan lo borde que es cuando las pesa y lo mal que se sienten por sus críticas degradantes «tipo Doctor House», pero que se lo perdonan todo porque consigue resultados con el tratamiento individualizado, dieta incluida, que les aplica a cada una. Aunque ellas se la saltan continuamente con las cervecitas del fin de semana, las comidas familiares o los eventos varios. Está clarísimo que se muestran encantadas de contribuir a que el naturópata no entre en crisis porque el negocio le vaya mal.

Las segundas están llevando al límite lo del ejercicio físico, ya sea con un preparador personal, con los monitores del gimnasio del polideportivo de Cartaya o yendo por libre.

Se comenta que ha habido alguna lesión grave y que los resultados se notan más en unas que en otras. Las que están consiguiendo adelgazar y tonificar sus cuerpos se muestran eufóricas y sueltan «píldoras» como que les ha subido la libido y que sienten un mayor deseo sexual hacia sus parejas. En cambio, aquellas a las que les cuesta más trabajo conseguir rebajar unos cuantos gramos se muestran mustias, se conforman bromeando y enseñando fotos de Facebook o de WhatsApp donde se ven chicas con tallas grandes que, sin Photoshop, no tienen cuerpos tan esculturales. También se escuchan susurros en los que se deja caer que esta o aquella está adelgazando pero que se ha convertido en una vigoréxica, «a saber el hambre que estará pasando». En estos comentarios, la mala leche y la envidia rezuman a raudales.

En referencia a los grupos de WhatsApp..., me quedo pasmada con lo que algunas de mis amigas o conocidas comentan sobre este tema. La que menos, lleva para adelante cinco o seis grupos. La media de los mismos por cabeza sería de entre ocho y doce grupos: WhatsApp de los padres de tercero, cuarto, quinto o sexto de primaria; WhatsApp para el regalo de cumpleaños de X; WhatsApp para los que se apuntaban para hacer el camino de El Rocío en carroza; WhatsApp de los familiares de una; WhatsApp de los familiares del marido; WhatsApp de primos hermanos o de primos segundos; WhatsApp de compañeros del trabajo; WhatsApp de los compañeros, más íntimos, del trabajo; WhatsApp de las madres que se ven en el parque por las tardes; WhatsApp para la comida de jubilación de un compañero; WhatsApp para ir al cine a ver *Ocho apellidos vascos* o cualquier otra película que esté en cartelera, etc. Grupos para todo, de toda índole y para todos los gustos.

Y allí, charlando animadamente, tomando café, varias de las chicas no paran de mirar de reojo y de contestar de manera compulsiva los wasaps que reciben. El sonido de seis o siete móviles en acción encima de la mesa, cada uno con un soniquete diferente, es para partirse de risa o para tirarse de los pelos, según como se mire; pero, sin duda, resulta la mar de hilarante. Para más inri, se va contando lo que se habla en esos grupos y lo que se contesta. Da igual si las demás no conocemos a ese compañero que se jubila o si el problema familiar de tal o cual a una servidora o al resto de las presentes no nos quita el sueño.

Sin pausa, pero sin prisa llegamos al eterno dilema de «renovar o no renovar el armario». Todas o estamos fatal de ropa o con eso de adelgazar y engordar el armario se ha vuelto tan loco como nosotras. Pero, claro, la crisis es la que manda y no está el mundo como para ir por ahí como la protagonista de *Pretty Woman*. Así que se plantea hacer un mercadillo de segunda mano aprovechando que llega la primavera, que ya andamos con ganas de airear la ropa y de cambiar la del invierno por la de temporada.

Al principio nos animamos bastante con la propuesta porque puede ser hasta divertido vender, por un precio módico, o hacer trueque con la ropa que ya no utilizamos, que no nos gusta tanto como cuando la compramos o, simplemente, porque por un motivo u otro ya no nos queda bien. Más tarde se caldea un poquito el ambiente porque son más las chicas que han bajado de talla (y las que ya teníamos una talla pequeña) que las que todavía están descontentas con su peso porque siguen rellenitas. Poco a poco, tras un intenso debate, se llega a la conclusión de que dicho mercadillo iba a estar muy descompensado. Solo un par de chicas se desharían de lo que ya no quieren y todas las demás tendríamos que luchar, con uñas y dientes, por conseguir las mejores piezas. Ufffff, un asunto peliagudo. Al final se opta por no hacerlo, pero, de espaldas a las demás, con sigilo y disimulo, dos de ellas quedan con Luna Bernáldez un par de días más tarde para tomar café en su casa y ver las prendas que piensa reciclar, ya que ha sido una de las que va a hacer una buena limpieza en su ropero porque está harta de ver los mismos «trapos» dentro y que esta temporada quiere darse un homenaje asaltando las tiendas del centro comercial de Huelva, el Holea. Espero que no se divulgue esta pequeña traición entre las demás, se clavarían cuchillos en la espalda de alguna.

Por lo menos cinco de las chicas presentes toman antidepresivos y hablan de ello con total naturalidad, como si fuese igual que ir a comprar al Mercadona esos picos integrales que resultan tan adictivos. Unas los toman porque tienen las hormonas revolucionadas por la premenopausia: las pastillas les alivian algunos de los desórdenes típicos de esta etapa de sus vidas, como los sofocos; y otras los utilizan porque están pasando por algún trastorno de ansiedad, depresión, etc.

Los cambios hormonales, las transformaciones vitales, el miedo a envejecer..., propician angustias existenciales. Así, no es extraño que muchas de ellas estén tomando medicamentos para paliar el insomnio, los cambios de humor, la irritabilidad, la ansiedad, el cansancio o la falta de concentración. Síntomas que se han incrementado más, si cabe, por los problemas que derivan de la crisis por la que está pasando España y el mundo entero. Las «cuarentañeras» del grupo necesitan chutes de serotonina como solución a todo ello. También comentan otras opciones a estos tratamientos químicos, que alguna de ellas se está planteando probar por ser menos agresivas, como las terapias alternativas.

Cuando se trata este tema no hay risas ni insolidaridad, sino tristeza en los rostros y alguna lágrima solitaria, además de mucha complicidad y entendimiento entre supermujeres que llevan el trabajo, la familia y numerosos temas sociales para adelante.

Por esos derroteros han discurrido nuestras inquietudes esta tarde preprimaveral en el animado grupo de madres de El Rompido.

Se hace tarde y el cansancio de todo el día hace mella tanto en las madres como en los críos, así que vamos levantando el campamento: sacudiendo la arena de la ropa y los zapatos de los niños, poniendo chaquetitas y jerséis, recogiendo palas y cubos y echándolos sin ton ni son en las variopintas mochilas que traemos. Gritamos a los niños más rezagados para que regresen de la orilla de la ría, monten en las bicicletas y se vayan mentalizando de que, al llegar a casa, les espera ir de cabeza al baño, donde tienen que restregarse a fondo hasta que desaparezca el último grano de arena mientras alguno de sus progenitores va preparando la cena.

El hermoso atardecer rompiero nos sorprende una vez más y, aunque lo hayamos visto cientos de veces, nos despide con sus bellísimos matices de colores anaranjados.

7

La nueva medicación me está ayudando a ser más metódico y prudente en mis actos. Últimamente estoy actuando como un loco. No puedo comprender cómo no se dan cuenta de mis paranoias, cómo no han escuchado el engranaje de mis pensamientos mientras maquino... ¡El gran proyecto! De todas formas, he sido demasiado impulsivo.

¡No he podido remediarlo! Mi mente se ha desbocado en más de una ocasión y, aunque sabe Dios que he intentado pararla, ha vagado incontrolable por derroteros oscuros y siniestros. Su dominio sobre mi persona, su poder, me ha llegado a asustar. He vivido aterrorizado porque pudiera mangonearme hasta el extremo de llegar a hacerle daño a mi familia.

En estos momentos, me siento poderoso, como debe sentirse el Creador a la hora de manejar el destino de sus criaturas. Tengo claro lo que debo hacer, cómo hacerlo y la recompensa que resultará de todo ello. El premio. ¡Qué absurda es la vida si la muerte de un ser humano es la ofrenda que hay que realizar para que otros individuos sigan respirando con dignidad! Pero el sujeto que merece ser sacrificado es maligno, impuro... Es necesaria su destrucción. Ofreceré primero su savia como óbolo de redención de nuestro pecado, más tarde arreglaré mis cuentas terrenales para asegurar el bienestar de mi familia y, como punto final..., YO.

He caído y acepto mi parte de culpa. Me inmolaré. Dios me ha mandado la señal con claridad. La enfermedad. Mi castigo. No es suficiente; debo extraer hasta la última gota de sangre de mi cuerpo para que se purifique mi linaje. Es la única manera de borrar la impureza en él. Son apenas reflejos insustanciales e inocentes de entes mortales. Brotes inofensivos que desconocen, todavía, el significado de la vileza humana. Nunca sabrán los actos que cometió su padre, quién soy en realidad. Espero que puedan exonerarme cuando sus consciencias lleguen a vislumbrar cómo he expiado mis culpas.

Al principio podrían no entenderlo, que crean que les he abandonado, que he sido un cobarde, pero cuando la vida les vaya enseñando su verdadera crudeza… alcanzarán el entendimiento y volveré a ser un héroe para ellos. ¿Qué importan unos años ignominiosos si el tiempo acabará resarciendo mi gloria?

Otra vez estoy desvariando. Debo centrarme en el objetivo. Faltan apenas dos minutos para que pase por este lugar. He comprobado, por el tiempo que tarda en hacer el itinerario corriendo, que debe de estar a punto de llegar a este sector del circuito. Aquí es donde debo atraparla, donde es más frondosa la ruta de pinares. La muy idiota se ha puesto, ella solita, en el camino equivocado. Me ayuda, ignorándola, con mi encomienda. Sale a fustigarse, como una yegua desbocada, a horas en las que no están despiertos ni los cangrejos de la ría.

Escucho algo. ¡Joder! Hoy no viene sola. ¡Hija de puta! Me descoloca todo el plan ¿Quiénes van con ella? ¡Puercas! ¡Dejad de comer como cerdas y no tendréis que hacer ejercicio! Sebosas asquerosas…

Respira hondo. Debes tranquilizarte. Puede ser casualidad que la acompañen esta madrugada.

Seguiré estudiando sus rutinas un par de días más.

No tardaré en cazarla.

No puedo desesperarme, aunque, cuanto antes acabe todo…, mejor.

Mi tiempo se acaba.

Sigue corriendo, alimaña, tu reloj vital está agotando sus últimas horas. El cepo se acerca a tu cuello. Notarás como el alambre deja atrás la piel para introducirse en la carne cuando forcejees intentando escapar de su abrazo. Mis manos enguantadas mitigarán mi esencia y lo último que olerás será el hedor de tu miedo. Lo postrero que verás será la oscuridad de tu alma. Suda ahora todo el veneno que puedas, porque dentro de nada estarás fría como un témpano encima de una mesa de la morgue.

8

Jorge y yo vamos a caminar los lunes y los miércoles por el sendero de la desembocadura del río Piedras de El Rompido. Aprovechamos que Laia realiza actividades extraescolares de cuatro a seis en la Escuela Municipal de Música de Cartaya (solfeo y canto en un coro de voces blancas) y hacemos nuestro anecdótico ejercicio semanal. Somos conscientes de que llevamos una vida sedentaria y de que es insuficiente el esfuerzo que realizamos; no obstante, es lo máximo a lo que nos queremos comprometer. Hemos probado el pilates, la gimnasia de mantenimiento o el yoga Chi Kung, pero no hemos conseguido engancharnos a nada, acabamos abandonando a las primeras de cambio. Los fines de semana intentamos hacer actividades al aire libre con nuestra hija, como dar un paseo por la playa o realizar algún sendero por los bonitos pueblos de la sierra de Huelva.

El camino que recorremos está bien acondicionado y es de una belleza indescriptible. Numerosas lagunas, producto de la bajamar, se nos van mostrando según avanzamos por él. Están llenas de vida, tanto de cangrejos violinistas como de aves e, incluso, gatos asilvestrados, perros vagabundos o despistados y caballos que pacen en el forraje que surge por doquier como queriendo arrebatarle al bosque de pinos un poquito de su territorio.

El sendero circunda un campo de golf, que ocupa una vasta extensión de la zona. Es una pena que instalaciones varias hayan extirpado parte del paraje natural. Nosotros, como solo llevamos diez años en el pueblo, nos lo encontramos tal y como está, pero los autóctonos dicen que antes eran un espectáculo el pueblo y los parajes aledaños y que los hoteles, los apartamentos y el campo de golf han echado a perder el lugar. En nuestra bendita ignorancia, a nosotros nos sigue pareciendo magnífico El Rompido y, rayando la perfección, la ruta del sendero.

Los amantes de las aves pueden avistar en las lagunas zarapitos, trinadores, buitrones, alcaudones reales, gaviotas de varias especies, garzas, etc. Y, por otro lado, tenemos una fantástica fauna marítima: almejas, gusanos y estrellas de mar, entre otros, que nos vamos encontrando durante el recorrido.

La ruta suele estar muy concurrida. Es perfecta para todo el mundo, incluso para las personas mayores, porque hay numerosos bancos de madera, estratégicamente colocados, que invitan a descansar y a contemplar el paisaje.

Mientras caminamos le cuento a Jorge que las chicas iban a quedar para ir a correr hoy muy temprano y que ayer me propusieron que las acompañara. Lo de ponerse en forma se está propagando entre ellas como un alud imparable en época de deshielo. Si no recuerdo mal, salían Fátima, su cuñada Bella, Frida, Rocío, Luna y Ana de seis y media a ocho, aprovechando el albor de la mañana. Programaron estar en casa a la hora de levantar a los niños para vestirlos, darles el desayuno y llevarlos al colegio.

—Y, ¿por qué no te has apuntado? —pregunta Jorge volviendo la cara hacia la laguna que vamos bordeando, que queda a su izquierda, para que no vislumbre su media sonrisa irónica.

—¿Lo dices en serio? —pregunto suspicaz. Tengo muy clarito que se está burlando de mí. Me conoce a la perfección. Sabe que no me levantaría a esa hora para hacer ejercicio, menos aún para correr, pues es una actividad que no he hecho jamás, aunque me fuera la vida en ello—. A lo mejor el que tendría que levantarse a esas horas y acompañarlas deberías ser tú. Seguro que tu incipiente barriga te lo agradecería —lo pincho mordaz haciéndome la ofendida, aunque, en el fondo, estoy encantada de usar mi diatriba con él.

Jorge y yo nos compenetramos tan bien que es muy difícil encontrarnos en medio de una discusión. En veinte años que llevamos juntos solo hemos tenido tres broncas gordas y, al referir alguna de ellas a un público entregado, se han echado las manos a la cabeza porque yo valore dichas discusiones como riñas de las que hacen historia. Todo lo contrario, consideran que son las típicas menudencias que cualquier pareja tiene en su día a día. Parecerá una tontería, pero como mis amigas dicen que es toda una fiesta hacer las paces después de una bronca con sus parejas, a veces me he preguntado si no nos estaremos perdiendo algo. Jorge dice que ni se me ocurra darle vueltas al asunto, porque él no tiene ninguna gana de discutir solo para poder comprobar la absurda teoría que me ronda por la mollera. No sé, no sé.

—Tus amigas cada día están peor de la cabeza. No sé por qué se obsesionan tanto con su físico. ¡Si estáis todas estupendas! —dice en ese tono monocorde que utiliza cuando le salen las palabras de forma espontánea y sincera.

—Si te escucharan las chicas te comerían a besos —manifiesto, sabiendo que él jamás diría algo así delante de ellas, de puro tímido.

—Menos mal que tú no te has obsesionado con el ejercicio.

—Es que yo, aunque me siento un poco floja, no estoy rellenita y, claro, ni me lo planteo; pero entiendo que alguna de ellas se preocupe de los kilos de más. Yo haría lo mismo. Y tú también te agobiarías si engordaras más de esos cuatro o cinco kilos que ya has pillado. De hecho, pienso que no nos vendría mal, a ninguno de los dos, hacer un poco más de ejercicio. También que tú podrías hacer algún que otro sacrificio: un minirrégimen o algo así.

—Tienes razón. No me gustaría engordar más.

—Pues eso, somos muy jóvenes todavía y tenemos que cuidarnos.

—Bueno, tan jóvenes, tan jóvenes... —Jorge acaba de cumplir los cuarenta y no creo que vaya a sufrir la crisis que casi todo el mundo dice que suele asomar la patita a esa edad, pero sí que está un poco pesado con lo de que ya hemos quemado nuestras mejores etapas. Me repatea un poquito esa actitud, entre otras cosas, ¡porque yo tengo tres años más que él!

—Claro que sí, ¡jóvenes! Los cuarenta de hoy son los treinta de antes.

—¿De antes? ¿Cuánto de antes? —dice, otra vez en tono burlón.

—No te hagas el gracioso, sabes perfectamente que hablo de cuando nuestros padres y abuelos tenían esa misma edad. Ellos sí que estaban achicharrados de tanto trabajar, de los numerosos hijos que tenían que criar y del bagaje social que les tocó vivir. Unos, porque pasaron grandes penalidades antes, durante y después de la Guerra Civil; otros, porque fueron la generación que tuvo que trajinar con más dureza para cambiar la situación del país.

Tengo muy presente los testimonios familiares del pasado, por mi especial y anacrónica sensibilidad hacia los relatos que escuché en la infancia y en la adolescencia. Siempre he sido una entusiasta de las crónicas narradas por las personas mayores que me rodeaban. Estas historias forman parte de mi bagaje vital.

—¿Has terminado de escribir la historia de tu abuela Lola? —pregunta, interesándose por la última entrada que le dije que iba a subir a mi blog seudoficticio, autobiográfico y literario.

—Sí, ¿te apetece leerlo? —pregunto conociendo de antemano la respuesta. Jorge no es de los que encuentran placer en la lectura y solo lee u ojea libros técnicos, cómics de superhéroes o la revista de humor *El Jueves*.

—Cuando volvamos a casa tengo que preparar material para las clases de mañana, así que no voy a poder, pero me gustaría escucharla ahora. ¿Por qué no me la cuentas? —pide curioso. Como todavía nos queda bastante camino por recorrer, decido hacerlo:

—El título de la entrada es *Mujeres malditas*.

Se me ocurrió escribir esta entrada sobre las «mujeres malditas» que han influido en mi vida, que he llegado a conocer, al escuchar el programa de Radio 5 que lleva el mismo nombre y que es altamente recomendable. Dirige esta emisión radiofónica Valle Alfonso. En ella se comentan el perfil psicológico, la vida y la obra de mujeres que sobresalieron en alguna parcela: literatura, escultura, pintura, música…, pero que fueron estigmatizadas por la sociedad y época en la que les tocó vivir. Ese fue el precio que tuvieron que pagar por intentar ser dueñas de sus vidas.

Mis «mujeres malditas» son mujeres anónimas que solo serán recordadas por sus allegados y que no tardarán en ser olvidadas. Puede que su recuerdo no se perpetúe más allá de unas cuantas generaciones.

Empezaré con una mujer carismática, inteligente pero analfabeta, con una personalidad muy fuerte, aunque no sobrepasara el metro y medio de estatura, y tristemente odiada por las personas que, estoy segura, ella más amaba.

Mi abuela Lola.

Contaba con ocho años de edad cuando su padrastro, un hombre alcoholizado y agresivo, se la quitó de en medio poniéndola a servir. Me da escalofríos imaginarla con esa edad haciendo labores tan escabrosas o duras como vaciar orinales, fregar el suelo de rodillas con una bayeta, limpiar y alimentar a una anciana en estado muy grave, etc. Además, todo ello aderezado con empujones, palabras crueles y desprecios; desnutrida, y vete tú a saber qué otras miserias llegaría a sufrir a manos de los «amos».

La historia podría ser diferente, pero es esta la que ella me contó con sus bellos ojos azules inyectados en sangre y con un rictus tembloroso en los labios. No creo que sus recuerdos estuviesen dramatizados por el tiempo, sino que los mantuvo candentes en la memoria para no olvidar el sufrimiento padecido, como justificación al egocentrismo exacerbado tras el que se amurallaba, infranqueable, para no mostrar sus sentimientos más íntimos. Odiaba la debilidad en ella misma y, por ende, en los demás.

Son muchas las personas que sufren algún trauma en su niñez o adolescencia y que dedican media vida a superarlo. No creo que mi abuela Lola lo consiguiera. Las situaciones que vivió desde los ocho hasta los veinticuatro años (cuando dejó de servir y se casó) minaron su resistencia y marcaron su personalidad.

Se creía más inteligente que todos los que la rodeaban, aun siendo iletrada; mostraba una gran falta de empatía hacia quienes se dejaban llevar por los sentimientos; era hipersensible a cualquier ataque a su persona, si alguien se cruzaba en su camino así se podía producir una hecatombe en las emociones de la abuela Lola, porque no olvidaba jamás una ofensa y solo descansaba cuando había conseguido vengarse. En público se mostraba sonriente y agradable, pero en privado, de cara a la familia y amigos más íntimos, se convertía en una verdadera tirana: manipulaba a los débiles e intentaba doblegar a los fuertes. Si su personalidad no favorecía que pudiera ser feliz, los demás debían ser más desgraciados que ella.

La única persona a la que amó fue a mi abuelo, pero nunca le perdonó que muriera, de un cáncer en el estómago, antes que ella. Mi abuelo Máximo falleció a los cincuenta y un años, mi abuela a los noventa y seis.

Desde que se dieron el «sí, quiero», el único periodo en el que estuvieron separados fueron los años de la Guerra Civil y alguno más de la postguerra. Primero, porque llamaron al abuelo al frente para combatir en el bando republicano; después, porque ambos pasaron algunos años en la cárcel tras la contienda. La abuela, dos años por roja y anticlerical; el abuelo, cuatro años por haber combatido en el bando perdedor. La condena del abuelo Máximo sumaba más años, pero la abuela Lola se arrastró ante todos los que eran «alguien» en el pueblo para que intercedieran por él. Puede que fuese el único acto de doblegamiento, posterior a su época de sirvienta, que hizo en su vida. Jamás volvió a repetirlo, ni por ella misma ni por sus hijos o nietos. Lo hizo por el abuelo porque lo amaba, porque se sentía adorada por él y, tal vez, porque «su Máximo» fue quien la sacó de la casa de los «amos» regalándole las palabras más hermosas y deseadas por su corazón herido: «nunca más volverás a servir en la casa de nadie, desde hoy serás la dueña y señora de tu propio hogar».

Ni que decir tiene que ella fue la del «ordeno y mando» en el hogar conyugal. El abuelo Máximo solo se enfrentó una vez a ella. En una disputa (la abuela nunca quiso contar a qué se debió) él se enfadó tanto que le pegó una bofetada y ella, rayando en la locura y con el corazón destrozado, no porque le hubiese dolido el golpe sino porque su ancla en la vida se hubiese atrevido a dárselo, le dijo: «Si me vuelves a pegar, te mataré». Nunca más volvió a suceder.

A ella no le gustaban los niños. Se enfrentó a las presiones sociales que le exigían una maternidad no deseada, pero, al final, sucumbió y tuvo dos hijos. Le costaba horrores tener que sacrificar el tiempo de sus quehaceres del hogar, a su marido, etc., a unas criaturas desagradecidas, gritonas, que no acataban las normas a la primera y que solo traían quebraderos de cabeza.

Cuando los hijos crecieron la relación entre estos y la abuela Lola empeoró más si cabe, pues la madre ejercía un dominio opresivo en todo lo que sus vástagos hacían. Control llevado al límite en lo referente a las amistades o a las relaciones amorosas de estos. Nadie era lo bastante bueno para sus hijos, ya que, como apéndices suyos, estaban por encima de simples camaradas o parejas inútiles. Mi padre cuenta la vez que se llegó a enamorar de una vecina, con ello hace rabiar a mi madre, y cómo la abuela tramó mil subterfugios para que esa relación no llegara a buen puerto. Estuvo a punto de fugarse con la chica, pero, en el último momento, la joven no quiso marcharse con él. Le comentó, años más tarde, que no se atrevió a hacerlo porque le asustaba que pudiese llevar en los genes la maldad de su madre, creencia consensuada por los padres y los familiares de la joven, y que por ese motivo la arrastrase a una vida infeliz.

La abuela Lola deseaba para sus hijos parejas débiles a las que ellos pudieran manipular y, por esa y otras oscuras razones, no cejaba en su empeño de fastidiar cualquier emparejamiento, ya fuera enemistándose con los padres de las chicas que no le gustaban o humillándolas con ataques verbales malintencionados. Con ese panorama, los gritos y portazos estaban a la orden del día en casa de los abuelos.

Mientras la abuela era cada día más intransigente con sus hijos, un cáncer de estómago no diagnosticado a tiempo iba consumiendo poco a poco al abuelo, por lo que apenas sí participaba en dichas trifulcas. El cúmulo de desafortunados encontronazos fue minando las ganas de vivir del abuelo Máximo y, por correlación, su fuerza para seguir luchando contra la enfermedad.

Mi tío Miguel se casó con una mujer autoritaria como mi abuela, en contra de la voluntad de esta. Después de la muerte de su padre, solo visitaba a su madre de uvas a peras porque las mujeres más importantes de su vida se odiaban tanto como la serpiente odia la sombra del águila. Mi padre, por el contrario, se casó con una mujer débil, al gusto de la abuela, y se quedaron a vivir en el pueblo. La suegra pudo meter baza en la relación del joven matrimonio desde el principio.

Mi madre derramó muchas lágrimas por dicha intromisión, que se incrementó a la muerte del suegro. Después de aquella pérdida nadie sería capaz de frenar tanta negatividad y pesimismo en la familia. Todo tenía que ser como la matriarca dijera o un vendaval amenazaba con arrollar nuestras vidas. Digo nuestras porque los nietos fueron llegando y lo que para otras abuelas era una fuente de dicha, para ella resultó un incordio: «Siempre andáis sucios». «No toquéis eso». «¿Es que vuestra madre no sabe cómo criaros? ¡Maleducados!». «Una hija mía nunca iría vestida de esa forma», «eres muy delicado con la comida, si fueses hijo mío…», etc. En constante alerta, buscando cualquier resquicio en la pareja para interceder cual ave de rapiña, siempre tomando partido por su hijo.

Mi padre se fue enajenando en un torbellino de negrura. Se añadieron a la relación tan tumultuosa que mantenía con su madre los agobios monetarios de la pareja, el nacimiento de cinco hijos y los múltiples problemas relacionados con su trabajo, siempre esporádico y precario. Al final, le resultó más útil dejarse llevar por las manipulaciones de la matriarca descargando las frustraciones en su esposa.

Mi madre llegó a odiarla como nunca había odiado a nadie. Vertió en sus hijos su impotencia. Dejó de fingir, de contenerse delante de nosotros para hacernos partícipes de aquella titánica enemistad.

De pequeña llegué a tener miedo de la abuela. Solo cuando fui mayor y entendí por lo que había tenido que pasar en su infancia, en la Guerra Civil y la postguerra, dejé de juzgarla con tanta dureza y, sobre todo, pude perdonarla. Su cruzada contra la nuera convertía el ambiente de nuestra casa en un polvorín. Deambulábamos por ella como fantasmas traslúcidos, intentando pasar desapercibidos los unos para los otros. Toneladas de tristeza y frustración se acumularon en nuestros corazones. Gritos e insultos eran parte de nuestro mantra diario. Rabia constante y autodestrucción, nuestras armas más letales.

Otras facetas de la abuela Lola eran sus premoniciones, negativas, que asustaban a la gente del pueblo. Por ejemplo, se vanagloriaba de conocer cuándo iba a fallecer alguien moribundo. Ella lo llamaba un don, los del pueblo brujería. El nuevo aspecto biográfico surgió, también, a raíz de la muerte de su esposo. Después de visitar a un enfermo, llegaba a casa diciendo cuándo iba a morir, y muy pocas veces se equivocaba.

Durante una larga temporada le dio por hacer cocimientos inofensivos de hierbas, casi siempre hechos con plantas digestivas a los que añadía miel. Sin embargo, mi madre tiraba los «aguachirris», como los llamaba ella, porque creía que su intención no era que mejorásemos de algún constipado o dolor de tripa, sino envenenarnos. Empezaron a llamarla Lola «la curandera», por esta razón y porque se hizo especialista en curar las culebrillas (herpes zóster, infecciones causadas por el mismo virus que provoca la varicela).

Siendo niña vivía fascinada por su magia y le pedía, una y otra vez, que me dijese cómo la hacía. Pero ella me miraba altiva desde su fantasioso mundo interior y se negaba.

Una tarde de confidencias en la que la pillé algo receptiva, me contó lo siguiente con respecto a la curación de las culebrillas:

«Se toman dos ramitas verdes de olivo y se ponen en un platillo que contenga un poco de agua mezclada con alcohol de romero. Después se colocan las ramas encima de la culebrilla formando una cruz y, al

mismo tiempo, se recita: Yo iba por un caminito, me encontré con San Pedro, me preguntó qué tenía y contesté que cobrero. "¿Con qué se curaría?". Respondió San Pedro: "Con agua de la fuente y rama de romero". Esto, hija mía, hay que hacerlo tres veces y durante tres días y, si el enfermo tiene fe en el tratamiento, se cura».

Me quedé helada: ¿San Pedro y fe? Ella siempre había sido anticlerical. Cuando nuestros padres nos bautizaron a mis hermanos y a mí o cuando recibimos la Primera Comunión ella se quedaba fuera, en la puerta de la iglesia esperando a que terminara «la función» como decía. No se me ocurrió preguntarle nada al respecto ya que no deseaba que aquel momento de confidencias y revelaciones fuese el último entre nosotras debido a mi indiscreción.

Las almas de los difuntos también empezaron a visitarla en sus largas noches de insomnio. Por la mañana, desfilaba hacia nuestra casa con los ojos hinchados y grandes ojeras. Nos asustaba diciéndonos que el espíritu de tal o cual muerto la había visitado e importunado moviendo su cama, desarropándola tirando de las mantas o correteando su sombra por la alcoba en la que dormía. Pasó mucho tiempo hasta que pude entrar en esa habitación sin sentir como se me erizaba el vello de los brazos, pues la creía llena de monstruos terroríficos que podían arrastrarme con ellos al averno.

Imagino que ella se inventaba todo ese mundo sobrenatural porque quería huir de una realidad que le fastidiaba. Su identidad se había construido alrededor del hecho de haber sido una víctima o una superviviente de una infancia y adolescencia terribles por las que había tenido que pasar, ignorada por su madre y «vendida» por un padrastro al que odiaba. Siempre se centró en su persona y en el dolor que le infligieron. Nunca llegó a superar las vivencias pasadas. Dentro de esa soledad impuesta se fue endureciendo: «sufrí mucho», «he tenido que soportar cosas terribles» o «el orgullo es lo único que nunca debemos dejar que nos arrebaten». Por un lado, deseaba ser una mártir a la que todos deberían admirar por haber padecido tanto y seguir viva y, por otro, se avergonzaba de las penosas experiencias vividas.

Quiero pensar, para que su «maldita» existencia tenga algo de sentido, que el dolor sufrido fue tan profanador que se le quedó adherido para siempre como una mortaja húmeda pegada a la piel y que fue el motivo por el que no podía ponerse en la piel de otras personas, empatizar con ellas o vivir una existencia alejada de los malos rollos.

Murió en casa del tío Miguel. Acompañada, pero sola. Toda la vida estuvo a unos escasos metros de mis padres, sin embargo, no la quisieron cerca en sus últimos momentos. Mi madre había conseguido desembarazarse de ella años atrás. Le dio un ultimátum a mi padre: «O ella o yo». Por fin se enfrentaba a sus miedos e inseguridades y obtuvo de mi padre la ruptura filial que tanto deseaba. El tío Miguel convenció a su mujer y se llevaron a la abuela a vivir con ellos. Aquella mujer «maldita» se fue encogiendo, se hizo aún más pequeñita de lo que era. La grandeza fingida fue arrollada y pisoteada por un huracán tan desaforado como el que irradiaba de ella, el de mi tía Juana. Apenas vivió unos meses de mirada perdida, febril, en aquella casa desconocida. Agonizando por la sumisión y por el fuego interior que inexorable la devoraba por dentro.

Descansa en paz.

Después de pronunciar las tres últimas palabras me quedo callada porque, como siempre que hablo de mi pasado, siento que una mano deforme y monstruosa me aprieta la garganta impidiéndome respirar y que mi corazón salta frenético dentro de su cavidad torácica. Además, no puedo controlar que se me humedezcan los ojos con lágrimas envenenadas de tristeza. Jorge se para, me abraza, me besa el pelo y me susurra al oído:

—Ya está... No pasa nada. Es una historia muy triste, pero estoy seguro de que gustará a tus lectores.

Entierro la cara en su pecho y aspiro su aroma. El olor de Jorge me encanta y me relaja. Su olor es único, una mezcla de bizcocho recién salido del horno con un toque de canela y de almizcle. Me arroba despertarme a su lado por las mañanas, pegarme a su espalda y olerle el pelo, el cuello y la piel. Esos momentos previos a levantarse son los mejores instantes del día. Mientras me dejo mimar por su abrazo de oso, algo que brilla de manera intermitente entre las retamas que hay a nuestra izquierda, en el límite del pinar, llama mi atención. Estamos en el tramo del sendero que hay pasadas las piscifactorías.

—Jorge, vamos a ver si hay algo ahí entre esas retamas. Le está dando el sol y lo he visto brillar, pero no distingo qué puede ser. —Apunto con la mano derecha hacia donde quiero que mire mientras me voy desligando de su abrazo.

—¿Dónde? —pregunta mirando hacia la dirección que he señalado y hacia donde ya voy encaminada.

—¡Un lagarto! —grito, a la vez que retrocedo saltando hacia atrás. Acabo colisionando estrepitosamente contra Jorge. No se espera el encontronazo por lo que pierde el equilibrio y caemos los dos, en un amasijo de brazos y piernas en aspa, al suelo. Para rematar una situación tan absurda, el terreno está desnivelado, rodamos un par de metros y acabamos en un arenal que nos reboza como si fuéramos un par de croquetas.

Nos miramos y nos echamos a reír. En segundos me viene a la mente una de mis espontáneas e infantiles ideas. Cojo un puñado de arena y se lo meto por dentro de la camiseta. Él reacciona lanzándome un puñado a la cara. Y ahí termina la diversión; me han caído bastantes granos en los ojos y algunos de ellos se han colado por debajo de las lentillas. Empiezo a sentir pinchazos en las córneas, como si alguien me estuviera torturando con unas agujas cada vez que parpadeo y comienzo a lagrimear a lo bestia. Jorge, preocupado y con remordimientos, me ayuda a levantarme e intenta sacudirme los restos de arena de la cara, me sopla en los ojos intentando eliminar esos granos invasores que pululan como Pedro por su casa por mis ojos, incluso por debajo de las lentillas. El momentazo catártico, esperpéntico, casi nos hace olvidarnos del lagarto y del centelleo que llamó mi atención.

—Regresemos a casa, en cuanto te quites las lentillas y te laves los ojos te sentirás mejor—dice Jorge, apremiante.

—Sí, pero espera un momentito. Todavía no hemos visto lo que hay allí. Ve tú y mira, porque yo con este lagrimeo soy incapaz de hacerlo —digo con cierta desenvoltura, como si no estuviera rabiando de dolor por los invasores oculares—. ¡Y ten cuidado con el lagarto! Debe de estar todavía por ahí, el muy capullo. Menudo susto me ha dado.

—Solo es un trozo de espejo. Voy a recogerlo con cuidado y lo dejamos en un contenedor, no vaya a ser que a algún niño le llame también la atención, le dé por cogerlo y se corte. Espera…, ¡aquí hay algo más! —anuncia emocionado—. ¡Es un anillo!

—¿De oro? —pregunto un poco exaltada.

— No, no es de oro —añade, acercándose con un par de zancadas—. Parece plata.

—¿Es una alianza? ¿Es de hombre o de mujer? ¿Tiene alguna inscripción? —lo acribillo a preguntas.

—No tiene pinta de alianza y no sabría decirte si es de hombre o de mujer. Es rarísimo. Representa la cabeza de un pez. Y… sí, tiene una palabra grabada en el interior.

—¿Qué palabra? —Intento arrebatarle el anillo para echar un vistazo, pero con el aguacero que anega mis ojos desisto y dejo que conteste a mi pregunta.

—*Otolito.* ¿Sabes lo que significa? —Hago un gesto negativo con la cabeza—. Qué raro…, ¿quién habrá perdido o tirado este anillo ahí? Porque, más que perdido parece que lo han lanzado hacia ese lugar. Está fuera del camino y las retamas de por aquí son espesas. No creo que nadie en su sano juicio utilice un sitio como este, tan enmarañado, habiendo tanto pinar despejado alrededor para hacer sus necesidades si sufre un «apretón». Mira, me he hecho varios arañazos intentando cogerlo—. Al acercarse más a mí para enseñarme los arañazos del brazo, se percata del estado de mis ojos. ¡Qué digo! ¿Ojos? Ni eso; más bien dos ranuras rojas y llorosas que achinan mi rostro más de lo habitual—. Regresemos rápido a casa y te quitas las lentillas, que no veas qué aspecto tienes.

—Sí, mejor. Ya no puedo ni abrirlos. —Jorge me coge del brazo y, como aprendiz de lazarillo, va guiándome de vuelta lo más rápido posible.

Al llegar a casa corro a lavarme las manos, a quitarme las lentillas y a enjuagarme con profusión los ojos. ¡Qué alivio! En los escasos minutos que hemos tardado en regresar me he sentido impotente, dolorida e indefensa. No me ha gustado nada esa sensación. Después de ponerme las gafas, que solo utilizo en casa porque son de «culo de vaso» por mi miopía galopante, me acerco a la estantería donde tenemos varios diccionarios y cojo mi favorito, el de Lengua Castellana de María Moliner, para buscar la definición de *otolito*. Qué fiasco, lo que más se acerca al término es *otología* y *otólogo*. Ambas palabras están relacionadas con el oído. La primera es la parte de la Medicina que estudia las enfermedades del oído, y la segunda, el médico especializado en dicha dolencia.

Suelto el diccionario y enciendo el ordenador para buscar en Google. ¡Cómo no! El primer enlace me lleva a la Wikipedia y… ¡en internet está todo! Al parecer los *otolitos* «son materiales sólidos que se encuentran en el sistema vestibular en muchos organismos. Permiten al organismo notar las aceleraciones y la dirección de la gravedad, a los peces les sirven para la audición. Son usados por los ictiólogos para determinar la edad de un pez». Vaya, ¿por qué esa inscripción en el anillo? ¿El dueño sería un ictiólogo? Pero ¿qué es un ictiólogo? En el diccionario *online* de la RAE encuentro la siguiente definición: «Persona especializada en ictiología: es un ictiólogo especialista en peces abisales». Pues muy bien, y, ¿¡qué puñetas es la ictiología!? Imagino que una ciencia que estudia algo relacionado con los peces. Lo compruebo para asegurarme y, *voilà*, estoy en lo cierto.

De repente me doy cuenta de que todavía no he visto bien el anillo. Jorge está duchándose y no quiero importunarlo, así que echo un vistazo por los posibles lugares del salón y de la cocina donde ha podido dejarlo, pero, como mi búsqueda es infructuosa, subo las escaleras corriendo y abro de golpe la puerta del baño.

—¡Ah! ¿¡Pero qué…!? —reacciona Jorge asustado, porque le doy con el pomo de la puerta en su cachete izquierdo.

—¡Lo siento! ¡Lo siento! —me disculpo, pero con prisas porque me han entrado unas ganas locas de ver la joya—. ¿Dónde has puesto el anillo? Quiero echarle un vistazo.

—Está encima de la mesita de noche —refunfuña frotándose el glúteo violentado. Sonrío pícara al pensar si le acabará saliendo un moratón. Puede resultar hasta *sexy* y todo.

—Gracias y perdona. ¿Te duele mucho? —pregunto mientras me encamino hacia la habitación para ver la sortija.

—¿Tú qué crees? —escucho, aunque ya no le estoy prestando atención. Ahora donde tengo puestos mis cinco sentidos es en esta rara y estrafalaria joya.

Es una pieza bella y a la vez asombrosa. Como dijo Jorge, parece de plata, aunque no podría asegurarlo, y representa la cabeza de un pescado. Bajo las escaleras y me siento frente al ordenador para ver si puedo descubrir más sobre este anillo y su enigmática inscripción. Antes de empezar a teclear pienso en las palabras clave, en las que sean más certeras y me lleven a una búsqueda rápida y satisfactoria.

¿Qué tal «anillo de cabeza de pescado»?

Tecleo.

Nada.

Pruebo con «joyas relacionadas con la pesca».

Nada.

¿Y si pongo solo «anillo pez»?

Mira por donde, me encuentro con el siguiente enlace: «Lectura de edades en otolitos de peces teleósteos». Echo un vistazo a la página web y me corrobora lo que encontré antes sobre los *otolitos*, pero eso no es lo que me interesa en este momento.

Me estoy poniendo nerviosa porque ya llevo unos quince minutos y no encuentro nada de nada. ¿Qué tal si cambio a la búsqueda por imágenes? Me aparecen un montón de fotos de joyas relacionadas con la pesca e, incluso, anillos con forma de pez, pero no aparece ninguno como este. Resoplo y estoy a punto de dejarlo. Tecleo, sin pensarlo demasiado, «joyas para hombre pescador» y, ¡bingo! En el segundo enlace, «Kasia Piechonka y las joyas del "hombre que amaba pescar"», ¡encuentro una foto del anillo! Es una pena que no se diga casi nada en esta página web sobre la diseñadora y el susodicho anillo. Apenas algún toque biográfico sin relevancia. Ni siquiera se menciona su nacionalidad. Solo una breve reseña de la colección a la que pertenece la alhaja. El autor de la entrada llama a esta colección «joyas contemporáneas y andróginas que reflejan la pasión de un hombre por pescar». Especifica que la artista se ha inspirado en aquellos momentos de su niñez en los que salía con su padre a pescar y que es un homenaje a su progenitor, por lo que tienen una fuerte carga emocional para ella. Continúa asegurando que la pieza más sobresaliente de la colección es el anillo con cabeza de pescado. El mismo anillo que en estos momentos tengo encima de la mesa, a un lado del ordenador. Acaba mencionando que, si alguien está interesado en la compra de alguna de las joyas de Kasia Piechonka, puede adquirirlas a través de su página web, y que los precios de las pequeñas obras de arte oscilan entre los ochenta y cinco y los dos mil dólares. Pincho en el enlace que deriva a la página de compras *online* y me salta el siguiente mensaje en inglés: «your domain has expired – please login to renew».

Llevo casi una hora y esto es lo máximo que he conseguido en mi pequeña investigación. Imagino que el anillo pertenecería a algún turista de los que suelen venir a los hoteles de El Rompido o a los de los pueblos de alrededor, que el dueño se dio un paseo por el sendero de la desembocadura del río Piedras y acabó tirándolo, por alguna razón, a las retamas en las que lo encontramos. Además, está el tema de la inscripción... Me recreo en el posible significado, especial, que debía de tener el término *otolito* para el poseedor de la joya; si fue un regalo para el comprador... ¡guau! Sería una paranoia total, porque creo es lo más raro y rebuscado que se puede poner en un anillo. O tal vez no, una cabeza de pescado… ¡qué misterioso!

Me viene a la memoria la simbología del «anillo del pescador» que usa el papa. Los papas, como sucesores del apóstol San Pedro, utilizan un anillo que recibe este nombre por el oficio que tenía, pescador. Cada nuevo papa lleva la alianza hecha con los restos del usado por el anterior y tiene la imagen de San Pedro pescando en un bote, bordeado por el nombre del nuevo papa en latín. El anillo lo deben llevar en todo momento, con las excepciones del Viernes Santo y de la misa de exequias de algún cardenal. A la muerte del santo padre se destruye la joya para evitar la falsificación de documentos porque, además de adorno, también hace la función de sello pontifical.

Tengo presentes estos conocimientos porque el actual papa Francisco ha cambiado la tradición ordenando, en un gesto de austeridad, que para él no se hiciese uno de oro sino de plata dorada. Se ha hecho público que el anterior anillo ha sido guardado, que no se va a aprovechar, anulándose con una cruz para evitar que sea utilizado de forma fraudulenta.

Sigo divagando, ensimismada, remontándome a épocas lejanas. A la de los babilonios: estos creían en el poder afrodisiaco del pez, era símbolo de su Diosa del Amor. Mis dispersas elucubraciones son interrumpidas por Jorge, que baja las escaleras de la segunda planta preguntando:

—¿Qué preparamos hoy para cenar? ¿Necesitas que vaya a comprar algo? —¡Qué guapo está! Baja duchado, afeitado y vestido con un pantalón vaquero desgastado negro y una camiseta de manga corta blanca con uno de esos dibujos estrambóticos que a él le gusta llevar. Es mi Sheldon Lee Cooper particular.

—Había pensado preparar una ensalada y unos filetitos de pechuga de pollo a la plancha. Para la ensalada tenemos todos los ingredientes, pero no tenemos las pechugas. ¿Te encargas tú de ir al supermercado?

—Claro. Para aprovechar la salida, ¿traigo algo más? —pregunta cogiendo la chaqueta de cuero de la percha de la entrada y cambiándose las pantuflas por los zapatos.

—Creo que queda medio cartón de leche. Podrías comprar una caja de seis cartones y también servilletas. Y, no sé, mira en el imán de notas de la nevera por si hay anotado algo más.

No he acabado de decir esto último cuando suena el timbre de casa. Jorge abre y entra la torrencial Laia seguida de su amiguita Paloma y, sin apenas saludar, salen disparadas escaleras arriba hacia su habitación morada, el reino de fantasía de Laia. Acto seguido, asoma por la puerta la cabeza de Bella Aranda dando resoplidos. Pienso que ha tenido que seguirlas a la carrera. Normalmente, Jorge se encarga de llevar a las niñas a la escuela de música y Bella de recogerlas, así no se nos hacen tan pesadas las actividades extraescolares de nuestros retoños. Es fantástico lo de poder turnarse en estos menesteres. Una ventaja más de vivir en un pueblo pequeño como este donde todo el mundo se conoce y es fácil cuadrar los horarios.

—¡Vaya dos! No han parado de cotorrear en todo el viaje. ¡Envidio la energía que tienen! Necesitaría que me prestasen una poquita porque me faltan horas para hacer todo lo que tengo en mi lista de pendientes —dice Bella entre risas y resoplidos.

—¡Anda ya! Si alguien en este pueblo tiene la capacidad para hacerlo todo y con rapidez, eres tú. —Y no lo digo por decir ya que Bella es la «Superwoman» de El Rompido—. Vamos, pasa y siéntate un ratito a charlar conmigo. Todavía es temprano, así dejamos jugar a las niñas.

—Son las seis y media —contesta mirando el reloj con premura—. Había pensado bajar al parque con la niña. Ya debe de estar allí Enrique con el pequeño Adrián, pero, bueno…, me quedo unos minutos si me invitas a uno de esos tés tan ricos que traes de Granada.

—Hecho. Será un placer. Acompáñame a la cocina mientras lo preparo.

—Yo os dejo, chicas. Me voy a hacer la compra —dice Jorge, aliviado por escaquearse. Entre que no es demasiado sociable y que la energía de mujeres como Bella lo aturullan… La visita de mi amiga consigue que, por una vez, ir de compras sea un placer para él.

A estas horas no suelo tomar bebidas estimulantes, hacerlo a partir de las seis va a impedir que concilie el sueño por la noche, pero hoy haré una excepción.

Me gusta charlar con Bella. Es una mujer inteligente y generosa. Tiene un montón de anécdotas graciosas que me hacen reír y en su presencia me puedo relajar porque el peso de la conversación lo suele llevar ella. En su juventud fue una gran deportista, durante un tiempo nadadora profesional, hizo sus pinitos en navegación a vela y practicaba atletismo. Ahora corre, practica pilates, yoga y zumba, asiste a clases de baile flamenco, etc. Se apunta a cualquier actividad que surja. Eso sí, sin desatender el cuidado de los hijos, con los que comparte todos los momentos que puede y sin perderse ningún evento social que se celebre en el pueblo. No es muy alta, ya está más cerca de los cincuenta que de los cuarenta, pero irradia esa belleza atemporal que podemos ver en las matronas romanas.

—El sábado tenemos evento, día de paella, la que hacen todos los años Andrea y Valentín para inaugurar la llegada de la primavera. Estáis invitados, ¿no? —pregunta dando por hecho que así es.

—Pues son las primeras noticias que tengo. No nos han dicho nada y ya estamos a jueves —contesto, extrañada de que nadie me haya comentado nada hasta este momento.

—¡Ah! Eso es porque no estás en el grupo de WhatsApp Las más de lo más, madres y amigas de El Rompido y por eso no te has enterado, pero date por invitada. ¡Faltaría más! —analiza con certeza la situación mientras toma la bandeja con las tazas de té y el azucarero que le paso para que los lleve a la mesa del jardín.

Recuerdo que tuve que justificar mi salida del grupo con el argumento de que era un grupo muy numeroso, de que recibía cientos de mensajes al día y, por lo tanto, demasiada información. En realidad, apenas pude aguantar un par de semanas, tal fue el nivel de saturación al que llegué aun con el sonido de los mensajes silenciado. Creo que, desde entonces, he tomado cierta fobia a los grupos de WhatsApp.

—Bueno, esperaré a que Andrea me diga algo. No nos vamos a presentar allí por la cara. Creo que somos lo suficientemente amigas como para que no se olvide de invitarnos —respondo mientras sirvo el té. Hoy me he decantado por uno con sabor a piononos, los dulces típicos de Santa Fe de Granada, que está exquisito y se puede acompañar con un chorrito de leche.

—¡Venga ya! Daos por invitados por mí. ¡Y no se hable más! —dice de forma tajante, sin admitir réplica. Le sonrío y, aunque lo piense, no le insisto con lo de que yo no aparezco por esa paella si no soy invitada con todas las formalidades que se requieren.

—Cambiando de tema, hoy nos hemos encontrado entre las retamas del camino de las pasarelas, Jorge y yo, un anillo muy raro. Te lo voy a enseñar. —Me levanto y voy a buscarlo—. ¿Lo reconoces? ¿Se lo has visto a alguien del pueblo? —voy preguntando mientras se lo entrego.

—Es raro y bonito al mismo tiempo. Es la primera vez que lo veo.

—Hemos pensado que puede ser de algún turista que lo arrojó allí donde lo hemos encontrado con la intención de deshacerse de él. Aunque también puede que sea de una persona que resida en El Rompido. Esa hipótesis es plausible porque aquí hay mucha gente que vive de la pesca y, también, otros muchos que tienen afición a ella. ¿Tú qué opinas?

—Ambas hipótesis son lógicas. ¿Sabes qué? —hace una pausa frunciendo el ceño y continúa—: Voy a hacer una foto y la voy a enseñar por ahí a ver si alguien lo reconoce.

Se pone manos a la obra sin esperar mi consentimiento. No me parece mala idea. Deja el anillo encima de la mesa, saca su móvil del bolso y le hace unas cuantas fotos.

—Bella, mira en el interior y verás la palabra tan rara que tiene grabada. Intenta hacerle una foto.

—*Otolito*, ¿qué es eso? ¿O es «bomboncito»? —alza la vista y me mira.

—¡No! No es «bomboncito», es *otolito* —replico muerta de risa y paso a explicarle lo que he averiguado, momentos antes, a través de internet.

Con este tema, y otros que van surgiendo, se nos pasa la tarde sin darnos cuenta. Cerca de las ocho nos levantamos para recoger la vajilla que hemos utilizado. ¡Se nos ha olvidado hasta darles de merendar a las niñas! Espero que sea para bien, que Laia acabe con la cena en un periquete y hoy no se demore, como intenta hacer siempre, en irse a la cama. Llamamos a nuestras respectivas hijas, que no se han movido en toda la tarde de la habitación de Laia y que han estado más calladas de lo normal. ¡A saber que habrán estado haciendo! Antes de que empiecen a bajar en tromba por las escaleras, las paramos con la orden de que recojan el campo de batalla que seguro que tienen desplegado en la habitación. ¡No son pícaras ni nada…! Su manera de ordenar es la de arrojar dentro de los cajones, sin ton ni son, los juguetes que minan todo el suelo.

Tras despedirnos de Bella y de Paloma, empezamos con las rutinas de todos los días: mientras yo hago la cena, Jorge prepara el baño de Laia y después le seca el pelo; bajan y ponen la mesa; al acabar de cenar, recogemos y nos lavamos los dientes; después de acostar a Laia, como muy tarde a las nueve y media, empieza nuestro ratito personal e íntimo como pareja.

Hablamos de lo que todavía no nos hemos contado sobre el trabajo y demás, organizamos lo que haya que organizar para el día siguiente y acabamos relajándonos, viendo algún episodio de nuestras series favoritas (*Mad Men, Dexter, El Mentalista, Hope, Master of Sex, Homeland, Juego de Tronos, Girls, The Big Bang Theory, Modern Family*, etc.) o con alguna de las películas que César, el marido de mi amiga Lourdes, nos pasa. Hacia las once y media o las doce subimos a la segunda planta, le echamos un vistazo a Laia, que suele dormir plácidamente, irradiando esa belleza angelical que poseen los niños de ocho años y, sin más preámbulos, nos arrojamos a los brazos de Morfeo. Bueno, algunas noches, cuando no estamos muy cansados…, como diría mi amiga Lourdes: «¡nos montamos en el dormitorio una pequeña fiesta erótica-festival!».

9

El viento de poniente, los lugareños de El Rompido lo llaman «foreño», se ha dejado notar bastante esta semana, por lo que es peligroso navegar. Ni los más atrevidos y expertos marineros abandonan el puerto con un tiempo semejante, pero yo necesito echarme a la mar para estar en completa soledad y ordenar mis pensamientos.

¡Durante las últimas horas me he sentido tan angustiado por la necesidad de acabar con la furcia...! Recibo un mazazo en la cabeza cada vez que esta se cruza en mi camino. Me entran ganas de agarrarla por el cuello y golpearle la sesera una y otra vez contra un muro de piedra, hasta el punto de poder oler su sangre y sentir el gusto de la misma en la garganta. El fuego que arde en mi interior me abrasa el pecho y la garganta con furia dipsómana.

La perra me humilla constantemente presentándose en mi hábitat, en mi hogar, como si nada hubiera pasado. Mancilla a mi familia con su descaro, con su desvergüenza. Cuando nuestros ojos se encuentran, los suyos se burlan de mí y ¡me amenazan! Me recuerdan que el silencio tiene fecha de caducidad, que «el secreto» no tardará en salir a la luz. Por eso necesito alejarme, poner distancia entre nosotros, para poder serenarme y pensar con frialdad.

Debo parar el temblor que se apodera de mi cuerpo, el frío que me envuelve como un sudario húmedo y pegajoso haciéndome tiritar.

Es una putada, no sé cuánto tiempo podré seguir controlándome. Debo terminar cuanto antes lo planeado. Someter a la bestia. Aniquilarla. Organizar su próxima jugada con nitidez. Esta vez no habrá ninguna fisura. Ya conozco a la perfección sus costumbres. Rara vez las cambia. La mañana que fue a correr con sus amigas fue una excepción. Debo liberar mi ansiedad, mis temores; son viles obstáculos que impiden que avance con rapidez.

Un sudor denso y salado perla mi frente y se me escurre entre las cejas.

¡No soy tan mediocre como para dejar que me dominen los nervios! Jamás me veré avergonzado por estados anímicos tan vulgares.

Navegar me hará bien.

La intensidad con la que hoy se mece el barco es fuerte. El mar está agitado y grandes olas golpean el casco mojando la cubierta con cada embate. Con la tranquilidad de un monje tibetano, acompasa la velocidad del navío a la velocidad de la ola. Al principio siente como le envuelve la conocida sensación de mareo, aunque esta va remitiendo poco a poco, según se va acostumbrando a los vaivenes. Cuanto mejor responde el barco, más tranquilidad alcanza su capitán.

De pronto, un rictus de tristeza deforma groseramente su rostro al recordar pasajes que creía totalmente enterrados en su interior. Revive el desolador ambiente en el que se crio: la familia rota, los sucesos aberrantes, el maltrato psicológico, el dolor infinito… Las infidelidades de un padre ausente que menospreciaba a su familia.

¡No! Eso nunca lo vivirán sus hijos.

Vuelve la ira. Una ira destructiva, hilos de podredumbre que se estiran hasta ser casi invisibles en su día a día, que cuaa solas consigo mismo se convierten en andamios que le susurran mudos mensajes terribles y premonitorios.

¡Maldición! ¿¡Por qué no me dejáis en paz!?

No puede dejar de gritar estas y otras frases llenas de desesperación mientras lucha con la furia desatada del mar.

Después, vuelve a notar como un «cric» en su cerebro y pasa a susurrar maquinalmente: «Debo dejar la mente en blanco, debo dejar la mente en blanco, debo dejar la mente en blanco…».

El sonido apenas audible se convierte, poco a poco, en esa voz interior que lo arrulla y consuela, semejante al recitado de un mantra.

Se plantea si ha sido un error salir con un tiempo tan desapacible. En su lugar, otros navegantes intentarían alejarse de esta peligrosa situación lo antes posible y llegar a buen puerto, pero él necesita experimentar el peligro para poder ordenar sus desbocados pensamientos. Durante meses ha notado cómo su cuerpo se iba muriendo; cómo la putrefacción se iba instalando lentamente en su sangre; cómo su existencia era zarandeada por un destino aciago. Así que, ahora, solo quiere sentir la zozobra del mar y no su desasosiego. Es un regalo no tener ningún espejo delante para mirarse y ver el cambio en sus ojos cuando se encuentra en ese estado. Tristeza, una tristeza antigua y ancestral, premonitoria, una mirada con la que no quiere familiarizarse pero que está aprendiendo a reconocer, pues es la que contempla últimamente, con su mensaje de mal agüero, en el espejo.

El hombre del siglo XXI cada vez es más decadente. Él también lo ha sido, pero redimirá su culpa porque no llega a los límites de estupidez de los que adolecen los demás. La humanidad, en su mayoría, está constituida por seres rastreros, mediocres, degenerados, cobardes e incapaces de resistir el sufrimiento y el dolor. Él ha demostrado que está por encima de todos ellos, pues, aun moribundo, es capaz de salvar del horror a criaturas inocentes, que aún no se han contaminado de la crueldad y enfermedad que aqueja a esta fétida sociedad. Y, cuando el peligro haya pasado, morirá. Con su sangre derramada, la sangre de sus hijos se purificará. Espera, con fervor, que con su sacrificio se borre por completo el rastro de esa genética defectuosa que ha perseguido a su familia generación tras generación. Ellos vivirán y la malnacida y él morirán. Así debe ser y así será.

Repasa mentalmente algunas de las instrucciones que le dieron cuando se examinó para el título de patrón de barco: «Lo primero que un buen marinero debe recordar cuando está en medio de un temporal es que debe amarinar el barco; o sea, adecuarlo al fuerte viento, por lo que antes de salir del puerto debe asegurarse de que estén a buen recaudo todos los objetos que puedan desplazarse y debe verificar que todos los portillos estén bien cerrados. Después, debe trincar bien el aro salvavidas y cerciorarse de tener a mano el ancla flotante, puesto que la misma largada por proa con el suficiente cabo le permitirá mantener el barco proa a la mar. Por último, debe ponerse el chaleco salvavidas encima del traje de aguas y ajustarse el arnés». Sonríe al recordar como el instructor añadía que, además, siempre debían subir a bordo un termo con café o té caliente, ya que era el mejor acompañante, en cualquier momento, en alta mar. No programa ninguna ruta, sino que se deja llevar por su subconsciente.

¿Y si los vientos me arrastran demasiado lejos y no puedo alcanzar un refugio en la costa? Tendría que ganar fondo. Tomar tierra con un barco de eslora tan pequeña sería mi peor enemigo.

No tiene miedo a enfrentarse con las olas, aunque los choques sean cada vez más violentos y él se encuentre extenuado. En estos momentos, lo único que a él le asusta es no poder llevar a cabo su misión: matar a la rata ponzoñosa. Esa que solo sabe mover el rabo haciendo entrar en celo a todos los hombres que se acercan a ella.

Intenta ganar barlovento lejos de la costa para capear las rachas de viento que se le vienen, cíclicas, encima. Ajusta la potencia del motor a las revoluciones adecuadas que le permitan gobernar el barco con el menor riesgo posible de naufragio. Quiere alcanzar el punto de equilibrio justo para cortar las olas, así evitará chocar contra ellas o logrará esquivar los fuertes impactos que podrían provocar la desestabilización del navío. Tiene que impedir la confluencia de dos fuerzas contrarias: la de la ola que alcanza el casco y, por tanto, dificulta su gobierno y la masa de agua a sotavento que impide mayor deriva.

A veces tiene la sensación de que las olas se crean en la nada y que llegan desde un punto imposible de determinar. Igual que sus pensamientos. Desde pequeño ha oído cómo sus padres, familiares, profesores, etc. elogiaban su inteligencia y su tranquilidad ante situaciones extremas, su raciocinio impecable, su absoluta corrección en circunstancias dispares. Pero él sabe que era puro teatro. Se pasó toda su infancia reprimiendo el deseo angustioso del suicidio; mostrando emociones que enmascaraban su falsa simpatía hacia los demás; reprimiendo los impulsos más primarios que podrían haber provocado verdaderas hecatombes a su alrededor si los hubiese dejado a su libre albedrío; manipulando su realidad y la de los que le rodeaban desde la falacia de causar una buena impresión en los otros; inmunizándose, a base de múltiples torturas internas, frente a todo aquello que significase reaccionar con negatividad ante los acontecimientos vitales. Se ha esforzado toda su vida para mostrarse como una persona totalmente *diferente a como es en realidad. Está cansado de hacerlo. Asqueado de sentirse mugriento por culpa de sus coetáneos, de llevar encima los restos de telaraña que se le adhieren en el cabello y en la ropa al mezclarse con los demás. El destino ha precipitado su caída, aunque gracias a ese preeminente hundimiento podrá dejar fluir su verdadero ser. Podrá existir, al fin, con toda su plenitud.*

¿Cuántas horas llevo navegando? Creo que los costados del barco no podrán aguantar mucho tiempo sufriendo estos embates. Me alegro de tener experiencia y de haber practicado la navegación con vientos de hasta treinta nudos. Me siento con la seguridad necesaria para capear estas inclemencias. Es increíble cómo puedo recibir las olas en un ángulo de quince o veinte grados intentando, sobre todo, no atravesar la mar. Empezaré a calcular el consumo para no perder arrancada, ya que, tal y como me he lanzado a esta peligrosa travesía, casi como por un deseo incontrolable de enfrentarme a la misma muerte, así mismo, con el mismo ímpetu, debo volver sano y salvo a El Rompido.

Tengo el ánimo más sosegado tras estas horas en las que he luchado contra ti, mi fiel, pero, a la vez, leal rival. Si hay algo por lo que me apena abandonar este mundo es porque no podré volver a navegar. Salir a alta mar siempre ha sido como una inyección de adrenalina. La libertad absoluta. He sido mi propio soberano a la hora de determinar el rumbo a seguir. He puesto a prueba mi inteligencia y mi resistencia. Han sido los únicos momentos en los que he podido pensar y ser yo mismo. En este momento me está dando la fortaleza y la capacidad que necesito para conseguir lo que me he propuesto llevar a cabo.

¿¡Por qué pita la alarma de la temperatura!? ¿Por qué he gritado?

Hace unos momentos gritaba asustado y ahora río a carcajadas. Parezco un loco.

¿Acaso siento temor de mi propia voz? Incluso he llegado a mirar, como un demente, a los lados. ¿Esperaba encontrar a alguien dentro o fuera de la pequeña cabina de la embarcación?

He de parar el motor. Empiezo a sentirme incómodo y no sé por qué. Quiero volver a tierra. Temo que, por mi estúpido arrebato, al exponerme al peligro, no pueda llevar a cabo el plan, la redención, mi último acto de protección familiar.

Por el estado de exaltación en el que me encuentro, no me he percatado hasta ahora de que los bandazos están suavizándose. El viento ha bajado de intensidad. Aun así, al no tener todavía propulsión y gobierno absoluto del barco, sigo sintiendo como si estuviese subido encima de un corcho que es zarandeado por las olas.

¡Cuántas veces me he sentido así en tierra firme! Zarandeado todos los días de mi vida por tener que vivir en sociedad. Odio las normas, pero me exijo cumplirlas a rajatabla: debo mentir para que no me acorralen como a un perro y me encierren donde no pueda sentir los rayos de sol en mi tez; refreno mi impulsividad para no reventarle la cabeza de una patada a cualquier imbécil de los que se cruzan en mi camino; he llegado a pedir perdón, cuando en realidad despreciaba visceralmente a los débiles mentales que me rodeaban. Nunca he sentido miedo al peligro físico, pero sí a lo que esta sociedad estaba haciendo en contra de mi cordura. He llegado a temer que me volvería loco si seguía reprimiéndome, pero ahora nada de eso importa. En cierto modo, voy a descansar.

Parece que el viento ha amainado del todo. El mar está en calma y se muestra ante mí con toda su grandeza.

El motor no funciona como debiera, pero creo que llegaré a puerto, aunque con cierta dificultad. Pondré el motor al ralentí. En cuanto le exijo un poco más de la cuenta se recalienta.

Ahí está la marina del club, abarrotada de las más que conocidas embarcaciones de recreo. Ahí está El Rompido, la cruz y la espada de mi cruzada.

Me siento identificado con las palabras que escuché en un capítulo de la serie Dexter, *en boca del personaje que lleva ese nombre: «Muchas de las interacciones humanas de la gente son falsas. Yo siento que las falsifico todas y que, además, las falsifico muy bien. Alguna ventaja debía tener, supongo».*

10

Menos mal que Jorge no es de esos hombres que meten prisa a sus mujeres cuando estas se están arreglando para salir. Hoy toca asistir a la fiesta de cumpleaños de Fátima. Cumple cuarenta años y se viene rumoreando durante toda la semana que va a tirar la casa por la ventana. Normalmente sus reuniones o celebraciones son las más cotizadas en El Rompido porque se esfuerza muchísimo para que todo salga bien. Desde ofrecer un *catering* maravilloso, pasando por traer algún DJ o grupo onubense para animar los saraos, hasta hacer fiestas temáticas en las que acabas disfrazada de forma grotesca donde lo pasas genial. Para esta noche no ha pedido que preparemos nada especial, no obstante, conociéndola y teniendo en cuenta que entra en una nueva etapa de su vida (se convierte oficialmente en «cuarentañera»), puede que nos tenga dispuesta más de una sorpresa.

Llevo un rato mirando las perchas del armario y no encuentro nada que ponerme. Si Jorge fuera capaz de leerme el pensamiento me sermonearía, como siempre hace cuando le digo que tengo que ir a Huelva de compras: «¡Dónde vas a meter lo nuevo, si tienes el armario abarrotado! Si no encuentras nada que ponerte es porque es imposible encontrar nada entre ese amasijo de prendas». Sería inútil explicarle que la mitad del armario lo ocupan los básicos, lo que normalmente utilizo en el día a día, y el resto son despojos pasados de moda que guardo desde hace más de veinticinco años. Como mi genética es estupenda y poseo una constitución delgada, mi figura apenas ha cambiado con el paso del tiempo; puedo seguir llevando la ropa que utilizaba en mi época universitaria o antes, así que dentro de mi armario hay ropa de, por lo menos, tres décadas.

Miro el reloj Swatch, con la imagen del Taj Mahal, que Jorge me regaló en nuestro último aniversario («aniversario del día en el que empezamos a salir») y pego un respingo. ¡Son las diez y media y todavía estoy en ropa interior y con la cara lavada! No es que me maquille mucho, pero ¡qué menos que aplicarme un poco de rímel, algo de colorete y pintarme los labios! Al final cojo el minivestido rojo, con volantes en la falda y manga francesa, que me compré en una tienda muy chic en el Muelle Uno de Málaga. Está muy visto, pero, como me queda genial, lo voy a seguir rentabilizando.

Esta noche, aunque me coloque un turbo, es imposible que lleguemos a la fiesta antes de las once y en la invitación ponía muy clarito que empezaba a las diez. Siempre podemos dar la excusa de que, hasta el último momento, no sabíamos con quién íbamos a dejar a Laia. La niña siempre resulta una buena coartada. Ni Jorge ni yo tenemos familia que vivan cerca, así que solemos tirar de amables amigos-canguros, que se ofrecen gustosos a quedarse con nuestra hija porque tienen prole de su edad. Esta noche ha sido un poco complicado endosar a la niña, ya que casi todos los amigos con los que interactuamos están invitados al evento. Menos mal que nuestra vecina Sofía va un poco por libre y no está entre las amigas o conocidas de Fátima, así que hemos podido dejar a la pequeña con ella. Laia se ha marchado casi sin despedirse, con su mochila de las Monster High repleta de muñecas y accesorios de las Pinypon, el pijama rosa de princesa y el cepillo de dientes de dinosaurio; encantada de irse a dormir a casa de una chica mayor, pues la hija de Sofía, Dalia, tiene dos años más que ella.

Jorge acaba de subir el volumen del equipo de música y escucho horrorizada, como si tuviese uno de los altavoces pegado en la oreja, la canción de Queen *We are the champions*. Es su «sutil» forma de mandarme el mensaje de «o bajas ya o me quedo sordo». Así no escucharé tus excusas cuando respondas a las recriminaciones que voy a hacerte cuando te tenga en mi presencia».

¡Joder! Acabo de romper el único par de medias que tenía. En fin, como estamos en abril y ya no hace tanto frío, creo que podré ir sin ellas. Eso sí, reviso si puede pasar desapercibido el vello de mis piernas. Le doy el visto bueno pensando que las tenues luces de la fiesta no lo resaltarán en demasía.

Un poco de rímel. ¡Mierda! Me he echado un pegote en la lentilla y ahora veo una mancha. ¿Me quito la lentilla y la enjuago o parpadeo varias veces hasta que las lágrimas la limpien un poco? Mejor lo segundo. Colorete. Un pelín de sombra de ojos color topo y un toque de mi última adquisición en barra de labios: la Clinique High Impact Lip de color rojo. Me pongo mis supercómodos zapatos de tacón negros y…, ¡lista!

Cogemos el coche porque la casa de Fátima y Christian está a las afueras del pueblo. Más que *casa*, habría que decir ultralujoso chalet. Está ubicado en un promontorio desde el cual se puede disfrutar de unas magníficas vistas de la ría de El Rompido. Tiene tres cristaleras impresionantes: una en la parte frontal de la casa y las otras dos en los laterales de la misma, por lo que recibe durante todo el día la luz del sol. Cada una de las paredes correderas da a otras tantas terrazas: por un lado, un patio resguardado por unos cuantos árboles y una estupenda barbacoa; por otro lado, una terraza parcialmente protegida y con vistas a la ría de El Rompido. Y hay una última terraza donde se ubica una piscina enorme.

Podríamos ir andando, pero, a estas horas y con los zapatos de tacón como que no me apetece patearme el pueblo hasta allí.

No podemos aparcar en la cuesta que lleva a su casa porque ya está llena de coches. Casi todos familiares o de gama alta. Jorge se acuerda de la madre del dueño de un coche negro muy grande que nos impide maniobrar para dejar el nuestro en una zona residencial cercana, porque está mal aparcado, como si lo hubieran abandonado allí a toda prisa. Recuerdo el incidente de un par de semanas atrás, cuando un coche de esas características me adelantó a una velocidad escandalosa.

Me bajo enseguida para hacerle algunas indicaciones a mi marido y que aparque de una vez. Sin embargo, no puedo dejar de apuntar en mi mente la matrícula del coche misterioso, registrando un par de detalles del mismo por si acaso. Jorge toca el claxon para llamar mi atención, imagino que un poco cabreado. Es un Mercedes Benz Clase ML, matrícula MB1665, para mí que debe ser muy caro. Soy una negada a la hora de ver las diferencias entre un coche u otro o para valorarlos, pero no soy tan ignorante como para no conocer la valía de un Mercedes como automóvil de gama alta. Observo que en el asiento trasero hay una sillita elevadora para niños y un pequeño muñequito Epi (el entrañable personaje de Barrio Sésamo), Ese muñequito me suena. ¡Ya lo tengo! Cómo no me va a sonar, si ese Epi se lo regalamos, junto con otros presentes, a María Montes cuando nació su hijo Carlos. Pero ¿Jesús y María no tenían otro coche? Lo deben de haber comprado hace poco y por eso no lo reconocí el otro día ni hoy. Si se tercia, le voy a cantar las cuarenta a Jesús por aquel adelantamiento de kamikaze del otro día. ¡Me importa un pepino si lo incomodo! Jorge acaba haciendo mil piruetas para no arañar ni ese vehículo ni el nuestro. Después de cinco largos minutos, acaba estacionándolo correctamente.

—¿Qué hora es? —pregunto a Jorge.

—Da igual, no te preocupes. Seguro que entre tanto invitado no se ha notado nuestra ausencia y, lo más importante, te apuesto lo que quieras a que todavía no han acabado con las reservas de alcohol —responde haciéndose el gracioso, pero sí me preocupo o, más bien, sí que estoy nerviosa porque no me gusta llegar tarde a ningún sitio. De hecho, suelo ser muy puntual. Me da la impresión de que esta noche parece que todas las fuerzas del universo se han confabulado para ralentizar cada paso que damos y eso me cabrea.

Antes de subir los escalones que conducen al jardín delantero, que Fátima diseñó el año pasado con un gusto exquisito, escuchamos la música y las carcajadas. Por el ruido, es fácil imaginar la fiesta en pleno apogeo.

El jardín no deja de maravillarme, aunque no es la primera vez que lo veo. Esos bellos arriates y parterres con flores exuberantes, entre las que predominan las de color blanco, son fantásticos. El perfecto y caro césped artificial que, según Fátima, «es muy ecológico porque no tenemos que regar» y que da al conjunto paisajístico un toque elegante. Estoy convencida de que ella no ha regado en su vida ningún jardín, ni este ni ningún otro, pero utilizó unos argumentos tan buenos cuando cambió su césped... que convenció a muchos; por ejemplo, a nosotros: hace un par de meses que también cambiamos nuestro «quemado» césped natural por el artificial en el pequeño jardín trasero de nuestro adosado. El camino de piedras blancas de marmolina, que lleva hasta la entrada, ha sido delimitado esta noche con iluminadores con forma de bolas del mismo color que proyectan una luz muy cálida.

—¡Bienvenidos! ¡Se os echaba en falta! —nos saluda con cordialidad, casi a gritos, Christian al abrirnos la puerta—. ¡Ya veréis la que hay montada en la zona de la piscina!

—Parece ser que una buena, porque ya desde el camino de entrada venimos escuchando el ruido del fiestón. ¿Dónde está la «cuarentañera»? —afirmo y pregunto mientras zarandeo delante de él la bolsa de papel azul, engalanada con un gran lazo rojo, en la que llevo el regalo de Fátima.

Estoy deseando ver la cara de mi amiga cuando reciba el obsequio, cuando saque de la bolsa el regalo que he envuelto en un precioso papel satinado rojo, lo rasgue y descubra qué le hemos comprado. Es muy difícil regalar algo a quien, en apariencia, lo tiene todo. No me gusta que lo que con tanto cariño medito, busco o elaboro para que el regalo se adecúe a quien va dirigido, se quede en agua de borrajas, o que el presente se olvide con rapidez en cualquier cajón; menos aún, que acabe en otras manos porque al destinatario no le haya gustado. En el caso de Fátima sé que los regalos menospreciados van a parar a manos de las cuidadoras de turno de sus hijos o a las de Viviana, la chica rumana que se ocupa de realizar las labores del hogar en su casa. En esta ocasión me he esforzado mucho por encontrar algo bonito y especial que regalarle. Cuarenta años solo se cumplen una vez en la vida. He optado por comprar un Babydoll con tanga a juego en la tienda *online* de La Perla. Me ha salido por un pico, pero, como sé que es una incondicional de esta marca de lencería, seguro que le va a encantar el regalo. Yo, con lo que ha costado este obsequio, me compro en Oysho o Women'secret ropa interior para un año.

—Estará en el baño de nuestra habitación; acabo de venir del lugar más concurrido de la casa en estos momentos, la zona de atrás, y hace rato que no se le ve el pelo por allí. Iba a por hielo a la cocina y a ver si la encontraba para pedirle que volviera inmediatamente a su fiesta, yo como anfitrión soy un puto desastre. Al escuchar el timbre me he desviado para abriros. Menos mal que estaba por aquí, si no, nadie hubiera escuchado vuestra llamada. Podríais haber aporreado la puerta toda la noche y ni caso. Puedes ir a buscarla mientras este me acompaña a preparar unas copas —dice echándole el brazo por encima de los hombros a Jorge y dirigiéndolo hacia la cocina.

Me quedo un poco descolocada; hubiera preferido ir donde está el bullicio y entregarle el regalo a Fátima cuando me la encontrase en la fiesta. Pero, como Christian me ha dejado allí y me ha indicado un lugar concreto donde encontrar a su mujer, no me queda más remedio que ir en su busca. Si no recuerdo mal, este chalet tiene cinco baños. Cada uno de los niños se beneficia del suyo propio. En la habitación principal está el que tiene *jacuzzi*. El cuarto servicio se encuentra al lado de la cocina, pero fuera del salón. El último se halla en la caseta que sirve como cambiador y ducha para los invitados a su magnífica piscina. El día que vi por primera vez el *jacuzzi* se me cayó, literalmente, la baba. ¡Con lo que me gusta un baño con sus salecitas, musiquita de fondo, velas perfumadas y demás!

Creo recordar que… la habitación de matrimonio está a mano izquierda, en el pasillo de la derecha y enfrente de la habitación de invitados que Fátima transformó el año pasado en gimnasio. Abro la puerta y busco el interruptor de la luz. Tras varios intentos, consigo encontrarlo y pienso que soy idiota porque no era necesario iluminar la habitación, ya que, estando a oscuras, lo normal es que no haya nadie. Me adentro en el dormitorio y no puedo dejar de admirar el buen gusto de mi amiga; bueno…, y lo bien que les deben de ir las cosas porque, aparte del *savoir faire*, hay que tener una cuenta bien saneada para poder disfrutar de todo este lujo.

Los enseres que decoran la habitación provocan esas vibraciones de confortabilidad y placidez que emanan de las casas que han sido decoradas con muy buen gusto. Un lugar como este no solo está diseñado para dormir, sino que invita a sentir deleites físicos, sensoriales. El mobiliario es de un blanco roto, labrado, que hace resaltar los elementos de la alcoba marcando todas sus líneas y detalles. El toque cromático de la colcha, de un suave terciopelo azul, imita un cielo despejado de un modo muy sutil. Los tapizados de las butacas son de la misma tonalidad, por lo que la estancia acaba dando la sensación ilusoria de encontrarse en una playa paradisíaca de arena blanca y mar azul. El arcón de suaves curvas que está colocado a los pies de la cama tiene que ser muy antiguo: se nota que se ha recuperado su vetusta belleza tras una buena restauración. Una magnífica lámpara en colores amarillos (imagino que para poder irradiar más luz por la noche) corona el conjunto. Como colofón, el parqué en madera clara destaca todas las virtudes de esta estupenda alcoba.

La puerta del baño está abierta y a oscuras, por lo que ni me acerco a mirar dentro.

¡Plaf! ¡Plaf! ¡Plaf! Me sobresalto al escuchar unos ruidos desconocidos a mis espaldas. No es que hayan sonado muy fuerte, pero como siento estar profanando la intimidad de unos amigos al quedarme más tiempo de lo normal en la habitación, pues es como si me hubiesen pillado fisgoneando in fraganti. Me acerco a la puerta y no hay nadie en el pasillo. Creo escuchar algo al otro lado del mismo, detrás de la puerta cerrada del gimnasio. Movimientos de pies y palabras amortiguadas, con toda seguridad por pronunciarse en susurros. Reconozco la voz de Fátima. Dudo si golpear la puerta con los nudillos o entrar sin más. Ganan las normas sociales al salvajismo innato que demuestro en según qué ocasiones. Así pues, decido actuar con educación. En realidad, no. Vacilo y continúo de pie, como un pasmarote en frente de la puerta cerrada.

Me viene un *flash* mental y pienso que, a lo mejor, los que están dentro no quieren que se les interrumpa. Puede que me haya equivocado; de hecho, apenas eran unos murmullos. Tal vez no sea Fátima la que está dentro sino una pareja a la que le ha entrado un calentón en la fiesta y se ha retirado a esa habitación para acabar lo que ha comenzado fuera. A Jorge y a mí nos ocurrió algo parecido en un restaurante pijo de Granada y nos ausentamos al baño, donde nos montamos nuestra pequeña y breve fiesta privada. Creo que mejor me largo, no es cuestión de pillar a nadie follando. Esa imagen me podría perseguir toda la vida si conociera a los sujetos que lo estén haciendo. ¡Madre mía! Solo de pensar en sus caras de sorpresa… Me encontraría en una situación muy embarazosa si lo que estoy suponiendo se hiciera realidad. Justo cuando empiezo a darme la vuelta para marcharme, se abre la puerta de golpe y aparece Fátima arrebolada. Siguiendo sus pasos, Miguel Cuevas, amigo íntimo de la familia Aranda-Zahrae El Ghalid, además de empleado fiel de la empresa que estos dirigen.

—¡Hola, Ayla! ¡Qué guapa estás! Este vestido, cuanto más te lo veo puesto, más me gusta. ¡Te queda genial! Estás estupenda —exclama de golpe mientras me besuquea. Aunque, ¿he notado un momento de vacilación antes de que me soltara la perorata? Desde luego a Miguel sí se le ha quedado una cara de póker tremenda e, incluso, ha dado un paso atrás al verme.

—¡Tú sí que estás estupenda! —Y yo sí que lo digo en serio. Lleva un vestido corto, por debajo de la rodilla, impresionante. El modelo simula blusa y falda. No entiendo mucho de telas, pero creo que la blusa es de raso o de seda. Las mangas son de vuelo y tiene un original escote caído. La falda es entubada, con una blonda negra por encima que marca la silueta tan trabajada, con preparadores personales y gimnasios, que Fátima gasta. El conjunto es de color turquesa y lo acompaña con un cinturón negro en raso con abalorios en pedrería—. Tu conjunto sí que es un sueño.

—¿Te gusta? ¿En serio? Me ha costado meterme en él, no te creas —suelta una carcajada estridente—. Lo compré la semana pasada en Madrid, cuando fuimos Christian, Miguel y yo a la reunión con el grupo de japoneses que están interesados en invertir en nuestra empresa. Después de cuatro horas de reunión estábamos agotados, pero logré convencer al pobre Miguel para que me acompañara de tiendas. Christian, como es un «saborío», me dijo que ni de coña y se fue a echar la siesta al hotel; pero Miguel…, ¡es tan bueno! ¿Qué haríamos sin ti? —dice acompañando las últimas palabras con un pestañeo divino dirigido a Miguel. Reconozco que sus espectaculares ojos verde oliva encandilarían hasta al mismísimo diablo. Miguel sigue con un pie dentro y otro fuera de la habitación, mirando con mucho interés la punta de sus zapatos—. Es de la diseñadora Sonia Peña y ¡costaba menos de doscientos euros! ¿Verdad, Miguel? ¿Te lo puedes creer? —continua retórica, sin esperar respuesta alguna ni de Miguel ni mía, aunque el chico acompaña con breves inclinaciones afirmativas de cabeza todo lo que Fátima dice—. Me alegro muchísimo de que hayáis podido venir al cumpleaños, claro que, si no lo hubieseis hecho, ¡no os lo habría perdonado! —Vuelve a reír a carcajadas, como si le fuera la vida en ello—. Vosotros tampoco os habríais podido perdonar el no haber venido, porque he montado una fiesta divina y todo el mundo se lo está pasando genial.

Sonríe. Sonrío. Miguel sigue con la cabeza gacha y la mirada perdida. Nadie dice nada en unos segundos eternos. Nos quedamos congelados, como cuando se para la secuencia de una película por la necesidad de ir al baño o a la cocina para, por ejemplo, hacer palomitas. Rompo este inciso adelantando hacia Fátima la bolsa que contiene su regalo.

—Fátima, es tu regalo de cumpleaños. Espero que te guste.

—¡Oh! ¡Que envoltura tan bonita! ¿Sabías que Steve Jobs decía que una buena presentación de los productos es fundamental para despertar el deseo de poseerlos? —La miro un poco alelada. ¿De qué coño está hablando? Intuyo que se refiere a que le gustan tanto la bolsa azul como el lazo rojo en el que va su regalo, pero… ¿a qué viene lo de Steve Jobs?— ¡Oh! ¡Si es alguna monería de La Perla! —exclama al ver la cajita negra con el logo dorado de esta marca. Le da varias vueltas a la caja, sin hacer amago de abrirla—. La abriré más tarde, seguro que es un capricho y que me va a encantar. ¡Gracias! —dice mientras me abraza y me vuelve a dar otro par de besos. Huele a ella, a su perfume favorito, a J'adore de Dior.

La merma en mi vista agudiza mi sentido del olfato y por eso disfruto tantísimo de los olores agradables, a la vez que me siento morir con los repulsivos. Esta fragancia en la piel de Fátima huele diferente a como lo hace en otras personas. La probé una vez en mi muñeca en el Corte Inglés de Granada y no se acercaba ni remotamente a lo que percibo en estos momentos. En la epidermis de mi amiga prevalecen las notas de la zarzamora, la bergamota y el cedro sobre las demás, mientras que, en otras mujeres o en mí misma, he notado que resaltan más las notas del melón o la pera. Incluso en algunas chicas huele como si estas se hubieran encerrado en el panteón de un cementerio con las flores del último sepelio, como si llevaran impresa una fragancia nostálgica, triste y con cierta aura de tragedia.

Después del abrazo de agradecimiento, Fátima se adentra en la habitación y deja la caja en la alfombra blanca y mullida que hay en el vestidor. Otro motivo para tenerle envidia sana a esta chica. Siempre he soñado con disfrutar de un vestidor y, día sí día no, le digo a Jorge que cuando Laia se marche de casa, ya sea para trabajar o porque se vaya a vivir en pareja, me apoderaré de su habitación y la transformaré en el vestidor de mis sueños.

Flipo con que no haya tenido el detalle de abrir la caja. Debería haberle sugerido que la abriera. Noto como me voy cabreando por momentos; si lo llego a saber, le hubiese regalado…

Miguel y yo nos quedamos solos, en el pasillo, y él se ve forzado a elevar los ojos y mirarme. Su cara sigue siendo un poema y no puede sostenerme la mirada por mucho tiempo. Algo raro ha pasado entre «la jefa» y él porque está como cohibido. No se me ocurre nada mejor que preguntarle por su mujer, Rocío, y felicitarlo por la buena nueva de que vayan a volver a ser padres. Me contesta, con sequedad, que Rocío debe de estar con todos los demás en el jardín de atrás e ignora descaradamente la referencia que he hecho sobre su futura paternidad. Desde luego, este hombre no es la alegría de la huerta.

—Chicos, ¡la noche es «cuarentañera»! Vamos a ver si los de ahí fuera me han echado de menos o lo están pasando tan bien que han olvidado que están aquí porque soy un año más vieja. —Vuelve Fátima y nos arrastra, mejor dicho, nos arrolla con ese ímpetu innato que la caracteriza, fuera del sector privado de la casa en el que nos encontramos.

—Tienes acojonados a los cuarenta años y no se atreven a dejarse notar en tu cuerpo ni en tu cara. Estás espléndida —le digo. Sé que ella piensa lo mismo. Si hay una mujer que se siente bien con su cuerpo, su profesión y su vida en El Rompido, esa es mi amiga.

Nuestros convecinos, y otros chicos y chicas que no conozco, están desperdigados por el jardín sujetando, con más o menos equilibrio, platos de plástico llenos de viandas, que entran muy bien por los ojos, y copas o vasos largos a medio beber. Parece que se lo están pasando pipa y la energía que fluye es acorde a los ritmos ochenteros que están sonando en este momento. *The winner takes it all* de ABBA es la canción que nos da la bienvenida a la fiesta, y después de nuestra entrada triunfal empieza a sonar *Like a Virgin* de Madonna.

Fátima desaparece con rapidez de mi lado, requerida por otros invitados, y Miguel se ha esfumado sin dejar rastro. No tengo ni idea de cuándo se apartó de nuestro lado o dejó de seguirnos, pero me da igual. Es un alivio habérmelo quitado de encima. Demasiado taciturno para mi gusto.

Echo un vistazo a mi alrededor y localizo a Lourdes, que está bailando, como poseída por el espíritu de ella misma veinte años más joven, al frenético ritmo de la reina del pop junto a otras de nuestras amigas: Bella Aranda, Rocío Barroso, Diana Guaján, Felicidad de la Rosa (que por una vez se ha desligado del cafre de su marido, hasta parece que lo está pasando genial sin él) y Miriam Ríos.

Me encanta bailar. En mis años mozos era la típica chica que desgastaba las pistas de baile de las discotecas o *pubs* en los que había un lugar reservado para tal fin. Era la primera en ponerme a mover el esqueleto y la última en abandonar el escenario. La canción que empieza a sonar, *Boys (Summertime love)*, de Sabrina Salerno me empuja como un resorte hacia mis amigas y me pongo a pegar saltos a su lado sin saludarlas ni nada, aunque tampoco hace falta porque ellas están tan emocionadas como yo con esta canción y más de una grita a pleno pulmón: «Boys, boys, boys…». Seguimos bailando un rato más con canciones como: *Let's dance* de David Bowie, *True* de Spandau Ballet, *Careless Whisper* de George Michael, *Soy un macarra* de Ilegales, *Hysteria* de Def Leppard y, cuando voy a dejarlo porque estoy resoplando como un corredor en el esprint final y necesito una copa para volver a ser persona, el DJ pincha ¡*Sommer night* de John Travolta y Olivia Newton John! ¡Porrrrrrrr favorrrrrrrr! *Grease* me vuelve loca.

Es mi película favorita. La habré visto más de veinte veces, algo que no he hecho con ninguna otra, y podría verla otras tantas más. ¡Jamás me cansaré de ella! La tarde en la que se la puse a Laia por primera vez fue muy emocionante. Lo preparé todo en casa para que fuera una perfecta tarde de chicas: mandé a Jorge fuera diciéndole que ya podía entretenerse en lo que quisiera, pero que no apareciese por nuestro hogar en tres horas; hice palomitas y compré un montón de chucherías; retiré a un rincón la mesita baja que tenemos delante de los sofás para hacer espacio y poder bailar todas las canciones; bajé un poco las persianas para crear ambiente de cine, pero no tanto como para no poder ver nuestros pies cuando nos pusiéramos a bailar; Laia y yo nos sentamos tan juntas en el sofá que parecíamos siamesas. Fue tanto el nerviosismo y la magia que insuflé a mi alrededor esa tarde que mi pequeña se quedó también prendada de la historia. Una tarde memorable, una experiencia madre-hija que ha quedado grabada en nuestros recuerdos como el acero fundido en la empuñadura de una espada.

Al finalizar la canción, tiro del brazo de Lourdes para que me acompañe a por una copa y, también, porque necesito apoyarme en alguien. El corazón me va a cien por hora y pienso que voy a sufrir un infarto de un momento a otro. ¡Por Dios! Esto no es estar en mala forma física, son los estertores de una vieja en su lecho de muerte. Por un momento, se me pasa por la cabeza lo de apuntarme al polideportivo de Cartaya para hacer algo de ejercicio. Solo es un instante; en cuanto vuelvo a poder respirar con cierta normalidad, borro el susodicho pensamiento de un plumazo. Total, tampoco es que esté todos los días bailando como esta noche. Eso es algo que pasó a la historia. Las rutinas de nuestras vidas van por otros derroteros en estos momentos.

—Lourdes, si ya estabas bailando cuando yo me he enganchado… ¿Cómo estás tan fresca? Yo me encuentro fatal, a punto de echar el hígado por la boca.

—Eso te pasa por ser tan comodona y vaga —se carcajea en mi cara—. Apúntate a alguna actividad deportiva, por ejemplo, a zumba. No solo estarás en mejor forma física, sino que te divertirás. Te lo vengo diciendo desde hace años… ¿Cuándo te vas a decidir, cuando te muevas con andador?

Voy a replicar, en plan lastimero, que yo ya estoy mayor para cambiar los hábitos sedentarios que arrastro, cuando alguien nos empuja con violencia. Trastabillamos. Nos apoyamos la una en la otra y desplazamos una mesa cercana que, con el impacto, se vuelca y salen disparadas botellas, copas y vasos. Conseguimos, a duras penas, no caer en un revoltijo de piernas, brazos y cristales. Un milagro, o un séptimo sentido de supervivencia, hace que reaccionemos con rapidez y que nos echemos a un lado.

¡Madre mía! ¿Qué coño les pasa a esos dos? Carlos Guerrero, un empresario del negocio de la fresa con el que no tenemos Jorge y yo mucha relación, y Renato Rúales se están zurrando de lo lindo. A su alrededor, varios de nuestros chicos intentan separarlos, pero se mueven muy rápido, esquivan a los que quieren parar ese despropósito y siguen golpeándose a lo bestia. Vemos tanto odio en sus miradas que los que estamos cerca tomamos ciertas precauciones, alejándonos lo máximo posible para no recibir nosotros también algún puñetazo o patada descarriada.

El DJ ha parado la música al percatarse de lo que está ocurriendo e imagino que, también, preocupado por su mesa de mezclas.

Con el susto en el cuerpo, pero fuera de peligro, miro la escena y alucino en colores. Cerca de donde Lourdes y yo nos hemos resguardado, Ana Isabel, nuestra esteticista y mujer de Carlos, palidísima gimotea en brazos de Ana Linares. Sin embargo, Felicidad, esposa de Renato, está próxima a la pelea gritando desgañitada que paren de una vez, que alguien los separe porque se van a matar. Su amiga, Luna, la sujeta con firmeza, intentando que no se acerque demasiado. ¡Por Dios! Están demasiado cerca, espero que la refriega no cambie de rumbo. No tardan en acercarse a ellas un par de chicas, empeñadas en alejarlas del combate que están librando los dos brutos y, poco a poco, lo consiguen. Las desplazan hacia donde nos encontramos Lourdes y yo mirando el drama, boquiabiertas, junto a un grupo de invitados.

Aunque al principio me pareciera otra cosa, no se están haciendo mucho daño. Andan tan borrachos que lo único que hacen es un baile «agarrado». Tanto el uno como el otro fluyen con los movimientos de su oponente. De vez en cuando atacan rasguñando, escupiendo o mordiendo, pero no atinan demasiado. Carlos aprovecha que Renato tiene el pelo largo y le agarra un mechón que se le ha escapado de la coleta. Con esta jugada consigue desasirse del abrazo furibundo de su atacante. Renato flaquea y da un traspié, momento que aprovecha Carlos para quitárselo de encima y salir corriendo hacia la gente que está en el lugar más iluminado. José Barroso y Christian Aranda no dejan pasar esta oportunidad: con suma celeridad, obstaculizan la persecución sujetando con fuerza a Renato e inmovilizándolo. Al fin, tras unos minutos de forcejeo, este se queda sin fuerzas y abandona su empeño.

Mientras, Ana Isabel, junto con Ana Linares y su marido Antonio, se llevan casi en volandas a Carlos al interior de la casa. Imagino que lo van a sacar de aquí lo antes posible, quiera él o no. Fátima los sigue, pisándoles los talones, y vuelve a salir al jardín unos minutos más tarde. Requiere la atención de los concurrentes a la fiesta y anuncia que ya está todo bajo control, que, por favor, no nos desanimemos por lo que acaba de ocurrir y que continuemos disfrutando de la fiesta. Le hace un gesto al DJ, y este, diligente, pincha *A quién le importa* de Alaska y Dinarama. La canción sería de las más bailadas en una reunión como esta, pero la verdad es que todavía estamos todos demasiado impresionados como para movernos a su compás.

Hacemos corrillos e intentamos enterarnos del motivo que ha provocado la pelea entre los dos energúmenos. Lourdes me jura y perjura que ella ha estado bailando y que no tiene ni idea. El círculo de cotillas más numeroso es el que rodea a Felicidad, la mujer de Renato, pero, antes de que podamos unirnos a ellos, este se disuelve. Vemos como Felicidad y Luna se acercan adonde mantienen acorralado, aunque ya no sujeto, al marido de la primera. Observamos un intercambio de palabras, ciertos gestos poco sincronizados de los brazos de Renato y cómo Christian y Carlos acaban acompañando a la pareja hacia el interior de la casa. Enseguida, Lourdes y yo nos arrimamos a Luna para que nos cuente todo lo que sabe. Se nos unen también María Montes,

Frida y Bella Aranda. Luna, al principio, se muestra reacia por la amistad que le une a Felicidad, pero, tras nuestra insistencia y porque en el fondo se siente encantada de toda la atención que centramos en ella, nos acaba contando lo que ha ocurrido.

—Ya conocéis lo pesado que se pone Carlos cuando toma unas copas. A más de una nos ha importunado con sus comentarios soeces o con miradas babosas en reuniones como esta, estuviera o no borracho. Hoy ha ido más allá y se ha pasado tres pueblos, porque, mientras Ana Isabel estaba bailando y charlando con unas y otras…, él vino adonde estábamos Felicidad y yo y empezó con sus tonterías. Nosotras cometimos el error de reírle las gracias al principio, pero, cuando se empezó a poner pesado, intentamos darle de lado y cortar sus comentarios de salido. Sin embargo, él no cejó en su empeño; continuó dale que te pego con lo mismo. Se emperró en que le diéramos nuestros teléfonos. Le dijimos que se estaba pasando cuatro pueblos, que parara ya porque nos estaba molestando, que nos dejara tranquilas, que lo último que haríamos en esta vida sería proporcionarle nuestros números para que siguiese importunándonos también por teléfono. Después de decirle esto último, nos marchamos de su lado y nos colocamos lo más lejos posible de él, en la otra punta del jardín. A los pocos minutos, tanto Felicidad como yo recibimos una invitación a un grupo de WhatsApp: «Fotos del cumpleaños de Fátima». Aceptamos, aunque no era un número que tuviéramos en nuestros contactos, porque creíamos que el grupo era para enviar las fotos que unos y otros estamos haciendo de la fiesta. Nos quedamos horrorizadas cuando empezaron a llegarnos fotos de penes y frases obscenas. —Hace una breve pausa y continúa diciendo—: Empezamos a sospechar que Carlos podía ser el artífice de esas guarradas. Como Ana Isabel sí nos tiene como contactos en su móvil, ya que aparte de amiga y vecina es la esteticista de todas nosotras, nos olimos que este sujeto podría haber sacado nuestros números de su lista de contactos. Que sepáis que nosotras no hemos sido las primeras en sufrir su acoso, ya que también molestó a Miriam, la mamá de Libertad y Mónica. Empezó todo hace unos meses, después de separarse de su marido. Lo pasó muy mal, porque este payaso quería acostarse con ella sí o sí y tuvo que lidiar en solitario contra su hostigamiento. Dejó de importunarla cuando Miriam lo amenazó con llamar a su mujer. Le dijo que le iba a enseñar todos los mensajes que estaba recibiendo. El muy cerdo se rio de ella en su cara. Le dijo que su mujer no sabía que tenía un móvil para sus «ligues» y que, si se iba de la lengua, nadie la iba a creer porque era una buscona y una «calientabraguetas», que su marido la había abandonado por otra por el asco que le daba. De todas formas, al final acabó dejándola en paz. A Miriam se le cambia la cara cuando se lo encuentra por la calle y ve cómo la mira, con esa sonrisita de guarro y pervertido. La pobre intenta estar acompañada siempre que coinciden en alguna reunión o evento de El Rompido para que no se atreva a acercarse a ella, aunque tiene tanto morro y es tan cerdo que no se corta un pelo. Se aproxima como si nada y acaba susurrándole alguna asquerosidad al oído o rozando con disimulo alguna parte de su cuerpo. Como Miriam es muy prudente y no quiere líos, solo pide que la deje en paz. Ella no lo ha ido contando por ahí, pero se sinceró conmigo una tarde en la que no pudo más y se vino abajo. Le causan mucho estrés las asquerosidades de este hombre. A la única que se lo he comentado es a Felicidad, y ahora os lo cuento a todas vosotras para que sepáis que es un impresentable. Desde luego, me da miedo pensar lo poco que nos conocemos entre nosotros, no sabemos si puede haber un psicópata escondido tras la cara anodina de alguno de nuestros vecinos. —Calla unos momentos y pasea su mirada alrededor, analizando nuestros rostros y esperando nuestras reacciones a las últimas palabras que ha pronunciado. Contestamos con sonidos o asentimos con la cabeza. Ella suspira y continúa—: Felicidad se enfadó muchísimo por los mensajes, enseguida se nos vino a la cabeza lo de Miriam, así que no se lo pensó. Dijo que se lo debíamos contar a nuestros maridos para que le cantaran las cuarenta a ese degenerado. Yo intenté quitarle hierro al asunto, porque no me parecía que hoy fuera el momento de liarla, pero ella estaba indignada y no me quiso escuchar. Me dejó con la palabra en la boca, se acercó al grupo de chicos donde estaba Renato, lo apartó a un lado y se lo soltó todo. Lo que ha ocurrido esta noche y también nuestras suposiciones: que el creador del grupo de WhatsApp guarro era Carlos. Renato, que ya estaba muy puesto, se fue alterando más y más según la escuchaba hablar. ¡Se puso rojo como un tomate!, literalmente hablando. Cuando no pudo aguantar más la rabia por las palabras de su mujer, le dio la espalda a Felicidad y miró alrededor, como cazador oteando a su presa. Vio a unos metros al obseso sexual. En dos zancadas se puso a su lado y lo agarró del cuello. Por lo demás, habéis sido testigos del resto.

No nos hemos mantenido calladas durante el relato, ya que hemos asentido o negado, incluso interrumpido para que Luna nos aclarase algún matiz que no acabábamos de entender o proferido alguna interjección malsonante. De todas formas, ha pesado más nuestro silencio ante esta historia que nuestra charlatanería. Además, intuyo que a todas se nos ha quedado un regusto amargo en el cuerpo: por Miriam, que tiene que hacer frente a desalmados como Carlos por el mero hecho de haberse divorciado, un sinsentido que, por no tener a un hombre al lado, algunos «cerdos» se sientan con derecho a acercarse a ella con las peores intenciones; por los matrimonios como el de Ana Isabel, porque nuestra convecina tenga que compartir su vida con un baboso impresentable; porque haya hombres horribles, parapetados tras máscaras de respetabilidad; porque nos asusta que les pueda ocurrir algo parecido o peor a nuestras hijas en su incierto futuro.

Se me han quitado las ganas de fiesta. Fátima se acerca a nosotras con cara de pocos amigos.

—¿Es qué no pensáis volver a bailar? ¿No he tenido bastante con el *show* que han montado esos dos? ¡Venga, chicas! ¡Que cumplo cuarenta años! ¡No quiero veros con esas caras! Como no os cojáis una buena…, bailéis como locas y me hagáis reír…, no os perdonaré en la vida.

Lourdes y yo nos miramos. No hay ganas, pero tiene razón: no podemos dejarla en la estacada, los cuarenta son la mitad de una vida, ¡si hay suerte!

—Necesito un *gin-tonic*, ofréceme uno y me tendrás que echar de tu casa a patadas —digo cogiéndola del brazo y llevándomela hacia una de las mesas que siguen intactas. Las botellas, los vasos y todo lo que se volcó ha sido recogido, con celeridad, por alguien. Todo el decorado tan cuidadosamente preparado ha vuelto a sus orígenes.

—¡Eso está hecho! Y, las demás, ¡moved el culo! —suelta la anfitriona, entre enfadada, resignada y con cierta falsa euforia, mientras nos alejamos.

Las chicas se dispersan en varias direcciones. Unas van hacia la improvisada pista de baile siguiendo la orden de Fátima, otras a reunirse en otro lugar para seguir hablando del tema, y Lourdes viene con nosotras para servirse también una copa.

Aprovechamos que Jorge y José Barroso están preparando bebidas para que nos sirvan las nuestras: un ron-cola para Lourdes, un *whisky* con soda para Fátima y un *gin-tonic* para mí. Jorge sabe cómo me gusta y me exprime un poco de limón en el vaso, aparte de añadirle la rodajita de rigor, y tiene el detalle de coger un par de fresas de un cuenco que hay en otra mesa para decorar con mimo la bebida antes de entregármela. No le doy un besazo con lengua allí mismo… porque sé que las orejas le arderían si lo hiciera. Se corta mucho con las muestras de cariño en público, aunque, cuando estamos solos…, ufffff, me pongo cardiaca solo de pensarlo.

—Ayla, le he contado a José lo del anillo que nos encontramos el otro día en el sendero y ¡no te lo vas a creer! Anda, cuéntales lo que me has dicho antes a mí sobre lo de la inscripción «Otolito» —le pide acompañando sus palabras con un gesto de cabeza.

—¿Os encontrasteis un anillo? ¿Valioso? ¿Qué es eso de *otolito*? —pregunta Lourdes mirándonos a Jorge y a mí como diciendo: «¿Por qué no me habíais contado nada?».

—Sí, lo encontramos detrás del hotel Fuerte El Rompido, mientras hacíamos el sendero de las pasarelas del río Piedras, entre unos arbustos y… no, no parece que sea muy valioso. Creemos que su valor radica, sobre todo, en lo raro que es. Luego te cuento todo con detalle, pero ahora vamos a escuchar a José —abrevio lo máximo, ciñéndome a lo justo para saciar la curiosidad de mi amiga, ya que estoy muy interesada en escuchar a nuestro amigo.

—Veréis, los viejos pescadores de El Rompido siempre han hablado de las facultades esotéricas, mágicas, que tienen los amuletos hechos con los pequeños huesecillos de aspecto alabastrino que las corvinas tienen en la cabeza. Cuentan como esos huesos llamados *otolitos* o *estatolitos* tienen forma de saco y son parte del órgano del equilibrio en los peces y casi como su ficha de crecimiento. Vendría a ser lo mismo que los anillos de un tronco cortado cuando queremos conocer la edad que tiene un árbol. Hoy en día, los pescadores más viejos, como mi abuelo, se guardan algunos de estos huesos en los bolsillos creyendo que mitigarán sus dolores de huesos; están convencidos de sus facultades curativas. También piensan que sirven para preservar de ciertas enfermedades o atraer la buena suerte. Vosotros es que sois de tierra adentro, por eso no habíais escuchado hablar de los *otolitos*, pero por estos lugares no es una palabra tan rara.

Estamos familiarizados con ella. Incluso podéis encontrar en alguna tienda de regalos, en los pueblos de la costa de Huelva, cadenas o collares que llevan trabado este amuleto.

Me quedo pensativa, ensimismada en mis conjeturas. ¡Facultades esotéricas y mágicas! Con la superstición hemos topado. No hay nada que me guste más que un poco de misterio y brujería. Sonrío. ¡Lo llevo en los genes!, reminiscencias de la abuela Lola. Ya tenemos algo por donde empezar a descifrar el enigma del anillo-pez-amuleto. Se presenta como un acertijo arcano, a la vez que como un bonito reto. ¡Guau! Tendré que esperar para pensar en ello, ahora no es el momento ni el lugar adecuado. Por lo pronto, he acabado la copa y vuelvo a tener ganas de bailar. Me he animado escuchando la información que nos ha transmitido José y ahora lo que quiero es… ¡mover el esqueleto!

Presto atención a la música y, como si el DJ estuviese sincronizado con mi estado de ánimo, acto seguido pincha *Dancing with myself* de Billy Idol, justo después de *Stayin'alive* de Bee Gees (me encanta esta canción porque aparece en una de mis películas favoritas: *Fiebre del sábado noche*). Continúa con *Le freak* de Chic; a continuación, se viene arriba y se pasa a la música española con *No controles* de Flans. Bailo enfebrecida todas las canciones. Jorge me trae de vez en cuando alguna copa. Entre el baileto, la charla intrascendente a gritos con las amigas y las copas, se nos pasa el tiempo volando.

A las cuatro de la mañana Jorge se acerca, pero esta vez con las manos vacías, y me dice que va siendo hora de que nos vayamos a casa. Podría seguir de fiesta, pero se me enciende la bombillita de emergencia que me avisa de que mañana voy a estar hecha polvo y que me voy a acordar de cada paso de baile dado y de cada copa de *gin-tonic* bebida. Por lo tanto, doy por terminada la velada, reparto besos beodos de despedida a diestro y siniestro; nos acercamos a los anfitriones, que están al otro lado de la piscina, para despedirnos y captamos que están discutiendo, aunque paran cuando nos ven aproximarnos. Fátima camufla la mala leche destinada a su marido con una turbadora sonrisa, nos despide con clichés de manual de perfecta anfitriona y Christian se empeña en acompañarnos a la salida. Estoy segura de que lo que quiere es quitarse de en medio. Me lo imagino rezando para que en su ausencia le baje el acaloramiento a su mujer. ¡Qué torpes son los hombres! Como si a las mujeres se nos olvidaran, así como así, las afrentas o discusiones comenzadas.

Nada más dejarme caer en el asiento del coche me da un bajón y solo puedo pensar en si voy a ser capaz de quitarme las lentillas. No puedo pedirle a Jorge que lo haga porque una vez lo intentó y le dio tanta aprensión pensar que tenía que meterme los dedos en el ojo que casi le da un síncope. Ya me las arreglaré. De lo que sí paso es de quitarme la ropa. Hoy me acuesto vestida.

11

Está esperándola, agazapado, como animal presto a saltar sobre su presa. Por ahora todo transcurre según el plan. Anoche se fue a dormir a la habitación de invitados, excusándose ante su mujer, blandiendo el argumento de que así no la despertaría cuando se levantara temprano. Es sábado y, como todos los sábados desde que entró la primavera y hace buen tiempo, se debe a la mar.

Le ha repetido tantas veces las razones por las que necesita salir a navegar que está seguro de que su compañera ha asimilado y hecho suyas las palabras oídas una y otra vez: «Es la única manera con la que puedo desconectar, recargar pilas tras una semana estresante en el trabajo. Navegar y las ocasionales piezas que consigo arrebatarle al mar son el chute de adrenalina que necesito para seguir siendo tan productivo como siempre. Si queremos mantener nuestro estatus social y seguir viviendo como hasta ahora, considera que esta afición de los sábados es necesaria para mi higiene mental. Sabes muy bien que hago todo lo posible para compensar a la familia, los domingos y el resto de la semana, escamoteando todos los instantes posibles al trabajo».

Su mujer puede no estar muy de acuerdo con ello, mas, ¿qué importa lo que opine? No es quién para considerar otra opción; debe obedecer, acatar sus deseos y jamás inmiscuirse en las decisiones tomadas.

Los momentos más intensos de su vida no los ha encontrado en el hogar, con la familia, sino cuando se encontraba de manera furtiva con Ella, con la furcia: al ser seducido por ella; escuchando el crujir del camastro en la casa que había alquilado, en el campo, a unos kilómetros de Cartaya; percibiendo el olor de su perfume; sintiendo la suavidad de la tela de su blusa al apoyar la mejilla en sus pechos... En esos momentos, alcanzaba sentimientos tan nítidos de felicidad que, sin fuerzas para resistir, se convertía en un títere mutilado. Se desprendía de todo sentido, pudor y autoestima. Entre sus garras se cegaba, dejaba de percibir luz, abandonaba lo que hasta ese momento había considerado como esencial en su vida: la pureza, la verdad y el dominio de sí mismo.

Se limitaba a dormitar, con una venda que cegaba su raciocinio, arrullado por los infinitos matices de sus venenosas palabras. Todo lo que hubiera en el exterior de aquellas cuatro paredes dejaba de importar o de interesar. Era tan fácil dejarse llevar...

A veces no tenía ganas de yacer con ella, solo de acurrucarse a su lado. Sin embargo, ella no lo permitía: «No estamos aquí para jugar a las casitas, sino para lo que tú ya sabes. Deja de comportarte como si yo fuera tu mujer. ¡No lo soy! ¡Nunca lo seré! ¡No olvides por qué estamos haciendo esto! Si empiezas a construir castillos en el aire..., me buscaré a otro».

¡Zorra! Claro que recordaba por qué estaban allí; ya se encargaba ella de recordárselo a todas horas. ¡Incluso cuando llegaban al clímax! Se lo susurraba al oído y se aferraba a él cruzando sus largas piernas tras sus caderas, apretándose con todas sus fuerzas y absorbiendo sus embestidas como cuando una boa se traga a sus presas. Llegaba a asustarle la forma que tenía de succionar su simiente cuando a él le alcanzaba el orgasmo. Se contraía como una perra en celo que no desea soltar el pene del can que la está montando. No dejaba de abrazarlo hasta que notaba cómo su falo se retiraba, agotado del envite.

Demasiadas veces se ha preguntado si la estúpida llegó a gozar con él, si los miles de caricias que inventó para ella lograron penetrar y ablandar ese pedrusco que tiene por corazón. ¡Cuántas veces había intentado retardar su propio gozo! Con ello pretendía conseguir que saliera alguna nota de placer de su garganta.

Cierra los ojos y profiere un leve gruñido. Nota la frente perlada de sudor por el dolor que le producen estos recuerdos.

El cabello, ese cabello que le caía por la nívea espalda, que gustaba de enredar entre sus dedos intentando atraerla hacia lo tangible y alejarla de lo etéreo, con el vano sueño de aferrarla a él. Un espejismo. Aun teniéndola entre sus brazos, se escapaba. Finas hebras que caían en su rostro cuando ella cambiaba de postura y se colocaba encima para montarlo como una hábil amazona.

Un escalofrío recorre su cuerpo al rememorar el pavor experimentado en los primeros encuentros de la relación clandestina: miedo a la perfección de la mujer; miedo a su determinación; miedo a *perder el hermoso regalo que se le estaba ofreciendo, sin haberlo pedido; miedo a sus desbocados sentimientos; miedo a que alguien tan volátil acabara hartándose de él; MIEDO con mayúsculas.*

¡Ya no tiene miedo!

Ahora le carcome el asco.

Empezó a ver la monstruosa ralea de la que está hecha cuando su voz se tornó fría e implacable: «Lo nuestro acaba aquí. Ya no te necesito. Tengo todo lo que quería. Tienes que olvidar lo que hemos hecho. Tienes que olvidarme, no te queda otra».

¡Maldita!

Pronunció palabras hirientes, duras y afiladas como el cuchillo que yace a sus pies. La maldice por haber socavado hasta el último hito de su voluntad, se maldice por haber sucumbido a su hechizo y porque, en algún lugar recóndito de su pecho, aún recuerda la suavidad de su piel, el reconocible olor que desprende y que lo ha embrujado, su turbadora palidez y el insólito rubor de sus mejillas al finalizar el acto sexual.

Los ojos…, ¡malditos ojos! Nunca pudo sostener su mirada cuando ella lo examinaba con condescendencia, como se mira a un perro callejero que demanda una caricia errática. Son tan enigmáticos y fríos como los lagos que crecen en volumen al derretirse el hielo en Islandia. El año que preparó el viaje familiar de verano a ese país le ilusionó lo que encontró sobre ellos en internet. Cuando pudo contemplarlos in situ, se enamoró irremediablemente de ellos. De entre todos los lagos, el que más impresionaba era el Jökulsárlón, el situado al sur del glaciar Vatnajökull. Lo que más le llamó la atención es que se veía iceberg por todos lados. Ese lado en concreto era el que recordaba cuando miraba los ojos de la pervertida porque, cuando está sonriendo, sus pupilas centellean con puntitos blancos. Puntitos que esconden icebergs helados e hipnotizantes, tan hermosos en formas y brillo como esos gigantes de hielo que se deprenden del glaciar Breioamerkujökull.

Reprime el deseo de balbucear su nombre, aunque lo recree en su mente como si lo tuviera allí tatuado.

Se encoge, más aún, entre las retamas. Siente que empieza a marearse por estar tanto tiempo acuclillado e inmóvil, esperándola.

Siempre fue él quien esperaba y ella quien llegaba tarde y se marchaba con prisas, como si viviese a todo gas, arrollando a la gente, a la vida, al paso del tiempo. Siempre pidiendo, queriendo más y más. Todo, lo cogía todo sin pararse a pensar en las consecuencias.

Se le entumecen las piernas y siente los brazos flácidos, aunque los tenga apoyados en los muslos. Le gustaría sentarse, o reclinarse cuan largo es en el suelo. No puede. Tiene que seguir acechando. Tiene que mantenerse en esa postura, preparado para atacar, preparado para acuchillar, preparado para matar…

La vio desmoronarse varias veces.

No es tan fuerte ni tan dura como quiere aparentar. No lo controla todo.

Tardó en conseguir lo que quería. Sufrió algunos fracasos y pasó por días nefastos. Días que señalaba cada mes, con rabia y lágrimas en los ojos, en un horrible almanaque de los que regala la Caja Rural a principio de año a los pensionistas. ¡Esos días era tan vulnerable! Se arrodillaba en el suelo con las manos en la cara escondiendo sus lágrimas, lamentándose como el cachorro al que el amo le ha dado una patada en el hocico. Yo me regocijaba por dentro, pues deseaba con toda mi alma que nunca alcanzase su objetivo. A veces, reaccionaba en contra de mi persona, empujándome y golpeándome. Me gritaba que era un inútil, que no servía para nada, que buscaría a otro hombre y que me largase de allí y no volviera jamás.

Nunca le hice caso. Jamás se me pasó por la cabeza marcharme. Por mucho que me humillara, que destilara veneno por su boca o que me aguijoneara con desprecio con sus bellos y lunáticos ojos. Nunca la abandoné.

Ella sí que me ha dejado tirado.

Cuando estuvo segura de haberlo logrado, de haber conseguido por fin lo que tanto deseaba, me desechó como a un clínex usado. Lo hizo sin gritos, sin mirarme, con escuetas palabras: «Todo ha terminado. No nos volveremos a ver a solas. Jamás. Guardaremos el secreto toda la vida. Ambos perderíamos todo lo que nos importa si se supiera lo que hemos hecho y haríamos sufrir, innecesariamente, a nuestros seres queridos. Siempre te estaré agradecida, pero ahora tenemos que pasar página. Hoy saldremos por última vez de esta casa para no volver nunca».

Así, sin más.

No me escuchó. No me vio. Me eliminó de su vida. Me empujó con suavidad hacia la puerta y, cuando estuvimos fuera…, cerró con llave. Apenas un pestañeo y se acabó esfumando.

¡Mentirosa! ¡Sucia! ¡Traidora! ¡Puta! ¡Malnacida!

Me dejó cual cadáver abandonado en una cuneta durante semanas. Volvió a resurgir como espectro macabro cuando se enteró de mi enfermedad. Me buscó, hecha un basilisco. Me escupió en la cara nada más verme. Me acusó de conocer lo de mi enfermedad y no habérselo comentado. Me arañó intentando sacarme los ojos. Se transformó en un monstruo.

Algo había cambiado en ella, en su pensamiento.

Lo que había sido soñado y querido, se convirtió de pronto en temido y repugnante. Llegó a escupirme palabras alocadas, me acusó de haber hecho desaparecer la tierra bajo sus pies: «¡Es culpa tuya! No, es culpa mía por haberte elegido. ¡Me has engañado! ¡Siempre lo supiste y permitiste que ocurriera! ¡Te odio! ¡Nunca en mi vida he sentido tanto desprecio y asco por nadie! ¡Ojalá mueras retorciéndote de dolor! ¿Cómo has podido…?».

Dios, ¿por qué dejas que se engendren seres tan enfermos? Nadie en su sano juicio podría creer que yo habría actuado de la manera en que lo hice si hubiera tenido constancia del postrero y aciago diagnóstico.

Loca, trastornada, dejaste ver tu verdadera condición en cuanto una nueva y contradictoria variante se cruzó en tu camino.

¡Chist! ¡Atención!

Escucha. Alguien se acerca.

¡Es ella!

Ha llegado tu hora.

<h1 style="text-align:center">12</h1>

Hay que ver lo que me gusta hacer maletas. Me encanta vivir en este precioso pueblo, pero cada equis tiempo necesito oxigenarme, salir de él y marcharme lejos para desconectar de su ambiente. Esta necesidad de poner tierra de por medio me viene de mi época de trotamundos.

A los catorce años empecé a dar bandazos por diversos lugares de España, las pobres almas que atrapo en los relatos de mis andanzas conocen el dato, por lo que es parte de mi esencia ser una andariega. Me resulta duro, fatigoso, quedarme demasiado tiempo en un mismo sitio. Sin embargo, mi relación con El Rompido fue amor a primera vista por lo que no me ha costado demasiado echar raíces en este lugar. Lo único que impide que no salga volando de aquí, que busque otras tierras en las que volver a reencontrarme, son esas escapadas cíclicas que mi familia y yo hacemos de vez en cuando. Viajes que me sientan fenomenal, que resetean, que son mi medicina particular.

La mayoría de nuestras escapadas las dirigimos hacia las provincias donde viven nuestros familiares. Los de Jorge, en Málaga, Granada y Almería; los míos, en varias provincias catalanas y Jaén.

Visitar el pueblo donde una se crio es necesario, porque no hay otro lugar en el mundo en el que se sea más auténtico. Allí no te ven como la profesional con éxito o la amargada a la que no le gusta su trabajo, ni como la madre estresada que va corriendo a todos lados o la madre demasiado moderna que no educa convencionalmente a sus retoños. Menos aún como la esposa de este o aquel, sino que para tus paisanos eres la hija de mengano o de fulano; aquella que, a los siete años, se desportilló un diente al romperse la «soga» del columpio, el de la encina centenaria de la plaza, hecho con una rueda de camión desechada; la niña desgarbada que pasó de patito feo a cisne (normalito, pero cisne al fin y al cabo); la adolescente que tuvo hepatitis y se tiró casi dos meses en cama; la que recibió su primer beso, robado por el hijo del panadero, a los catorce años; la irresponsable que se emborrachó, mezclando varias bebidas alcohólicas, hasta perder el conocimiento y cuyos amigotes acabaron metiéndole la cabeza en el pilón de la plaza para que se le fuera la cogorza; la estudiante que dejó el pueblo para irse a la capital a hacer aquella carrera cuyo nombre hay que preguntarle cada vez que viene de vacaciones, porque es tan raro que nadie logra recordarlo; la que, como muchos jóvenes del pueblo, no regresa a la aldea nada más que en las vacaciones de Semana Santa, Navidad y verano, porque ha construido su nido en otros lares; la novia que lucía radiante el día en que se casó con aquel chico granadino tan guapetón; la madre primeriza y un pelín rarita, porque solo ha tenido una hija y «pobrecita la niña, que se va a quedar sola, ya podían darle un hermanito»; etc.

Para ellos eres ese montón de recuerdos y pasajes tan importantes que han marcado tu vida. Son quienes te han visto evolucionar, los que te esperan siempre anhelando que les cuentes aquello que se han perdido por no estar a tu lado en el día a día. Les importas y te importan. Te quieren por lo que fuiste, por lo que has conseguido, y te desean lo mejor para el futuro. Es difícil engañarlos o fingir que se es otra persona en su presencia, ya que se darían cuenta de que estamos actuando, pues nadie mejor que ellos conoce nuestra verdadera identidad.

Los jóvenes del pueblo estábamos deseando dejar atrás un ambiente que considerábamos opresivo, pero, al hacernos mayores, volvemos la vista atrás, buscamos reencontrarnos con la riqueza de nuestras raíces, la valoramos y la respetamos. Buscamos el reconocimiento en aquellas personas ancianas y sabias de los terruños donde nos criamos, porque necesitamos ver en sus ojos aquello que fuimos y lo que ellos pronosticaban que seríamos por lo que veían en nosotros.

Por otro lado, los que somos padres queremos transmitir a nuestros hijos que en nuestros pueblos pertenecíamos a una microsociedad donde todo el mundo se conocía, donde todo el mundo se echaba una mano en momentos de crisis y donde, sí, también se cotilleaba a lo bestia. Pero advertimos que la persona más cotilla del pueblo es aquella que está sola, a la que sedimentos de infelicidad y amargura estrujan el corazón y propician que obre de esta manera.

He podido comprobar que a mi hija le asustan la naturalidad de los aldeanos y las tradiciones ancestrales de estos. Siente que se teletransporta a lugares extrañísimos, distintos a aquellos en los que se ha criado. Suele mostrar reticencias a todo lo que le resulta desconocido, pero acaba enriqueciéndose con las experiencias vividas en el pueblo de sus antepasados.

Laia huye aterrorizada cuando las viejas vecinas desdentadas y vestidas de negro la persiguen para darle la retahíla de besos sonoros que se estila por aquellos lares. Se encierra en la habitación, horrorizada, en la época de la matanza porque es incapaz de imaginar la muerte de cualquier ser vivo, por más que vea en los supermercados los filetes de lomo de cerdo o los pollos desplumados. Se sorprende de que, aunque haya un parque en el pueblo, la única niña que lo utiliza sea ella. Los demás niños prefieren corretear por las calles, sortear los vehículos que se cruzan en su camino y explorar libres, como Heidis y Pedros en potencia, por los cerros que circundan la aldea.

Sin embargo, Laia es feliz cuando las mismas viejecitas que la quieren atormentar con sus muestras de cariño le hornean o fríen dulces buenísimos, que están para chuparse los dedos y que engulle con deleite. Tampoco le hace ascos a un buen plato de migas de la abuela acompañado de chorizo, panceta, sardinas asadas, boquerones fritos o fruta variada. Por no hablar de que un pueblo es como un zoológico o parque temático, ya que en cada casa, en cada esquina y en cada paseo se dejan ver animales domésticos o asilvestrados, aves o insectos, y se puede encontrar cualquier cosa con la que alucinar y a la que Laia da el rango de aventura, tesoro o magia.

A ese pueblo, jamás olvidado y siempre añorado, es adonde vamos a pasar la Semana Santa todos los años. Mientras hago las maletas relleno un croquis mental de lo que me gustaría hacer o comer, a quién o qué lugar visitar los cinco días que pararemos allí. Coloco, por orden de preferencia, las comidas típicas que pienso pedir a mi madre que cocine. Solo cuando visito a mis padres puedo degustar las verdaderas exquisiteces que educaron, para bien o para mal, mi paladar, pues yo soy incapaz de recrearlas en casa, ya sea por su laboriosidad o porque cada vez le dedico menos tiempo a la cocina. Jorge siempre me dice que le pida las recetas a mi progenitora porque si no, cuando ella fallezca, se llevará esos excelsos sabores con ella. A él le preocupa que se pierda la receta de la mistela, una bebida cuya base es el café y a la que se le añaden aguardiente y especias: canela, matalahúva, clavo, manzanilla en rama y cáscara de naranja.

Jorge desconoce el hecho de que hace unos años le pedí a mi mamá que me anotara algunas de sus selectas recetas, la del licor entre ellas, pero no se lo pienso decir, no vaya a ocurrírsele la feliz idea de que me coloque el delantal y me ponga manos a la obra. ¡Pues no es él nadie en cuestiones tan trascendentales como las de atender y regalar su estómago!

Dentro de un par de horas salimos hacia mi pueblo natal. No debo olvidar llamar a Lourdes para recordarle que se pase por casa a regarme las macetas y darles de comer a las tortugas de Laia: Juan y Coral. Le íbamos a dejar también los gusanos de seda, pero Jorge opina que eso es abusar, ya que tendría que ir a coger hojas de morera al único sitio de El Rompido donde todavía se pueden encontrar: al Club Náutico Río Piedras. Bueno, tampoco hay que estirar demasiado la buena fe de mi amiga.

Cuanto antes la llame, mejor, no vaya a ser que con lo de acabar de arreglar la casa y las maletas… se me olvide. Todavía no habrá abierto la tienda. Seguro que está echada en el sofá reposando la comida y leyendo el último libro de Elisabet Benavent, *Persiguiendo a Silvia*. Lourdes está enganchada a esta escritora, igual que casi todas mis conocidas de El Rompido. No sé si esta nueva novela estará a la altura de la saga *Valeria*, pues con ella ha dejado el listón muy alto. Lo que me pude reír con Valeria y sus amigas… Me gustaría que la escritora siguiese teniendo éxito con sus nuevas creaciones porque, en estos momentos en los que estoy obsesionada con mi blog anónimo, literario, autobiográfico y ficticio, he podido sufrir en mi pellejo lo difícil que es sacar para adelante unas cuantas parrafadas. Ahora, más que nunca, cualquiera que se atreva a escribir un libro merece todo mi respeto.

Estoy deseando que el siete de octubre mi amiga y compañera de trabajo Eva saque a la luz su criatura, una novela histórica y erótica de *highlanders*. Me tiene intrigada, no quiere soltar prenda hasta que no esté totalmente revisada y la haya autopublicado en Amazon.

Al tercer pitido, Lourdes coge el teléfono y contesta con un lacónico «sí, dígame».

—Hola, *amorrrrr* —contesto intentando poner voz de cubano sabrosón, aunque lo que me sale es más bien un *amolllll* que tira hacia el chino mandarín por mi dislalia selectiva del fonema «r», ya que lo pronuncio como se pronuncia la «r» francesa.

—Hola, corazón de melón. ¿No deberías estar haciendo las maletas?

—¿Y tú no deberías estar abriendo la tienda? Tirada en el sofá no vas a conseguir ni en sueños esos billetes al Caribe que tanto anhelas. —Nos pasamos el rato picándonos, pero nos conocemos tan bien que nunca hay malentendidos entre nosotras.

—El Caribe, dice… A ver si me llega para tomarnos una cerveza el fin de semana.

—¡No será para tanto! Cuando quieras, te invito en casa; o fuera, en una terraza con vistas a la ría, a una Coronita, pero solo si no te olvidas de cuidar estos días de Semana Santa mis macetas y las tortugas de Laia.

—Mala pécora, solo me quieres por el interés, pues te vas a joder porque a tu vuelta las flores las vas a tener ideales de la muerte para hacer cuadros de flores secas y las tortugas habrán emigrado a Cancún o más allá. El hambre hará que se apañen para salir de la tortuguera, que ataquen despiadadamente al gato de tu vecina María José, lo despellejen, lo descuarticen y se lo coman. Siempre podrás hacerte un bonito collar con los huesos mondos del felino.

—¡Sádica! ¿Serías capaz? —pronuncio con el tono más serio de mi repertorio teniendo en cuenta las burradas que Lourdes está soltando. Tengo que aguantarme las ganas de reír a carcajadas.

—Ohhhhh, no lo sabes tú bien. No me provoques o sacaré la mala bestia que siempre dices que todos guardamos en nuestro interior —dice riendo.

—Pues tú la tienes muy a flote, psicópata —replico con sorna—. Que yo le tenga manía al gato de la vecina por los regalitos que nos deja de vez en cuando en nuestro césped artificial…, pero, tú… ¡Qué destino más truculento le has buscado al desgraciado! —Acabamos tronchándonos las dos.

—Bueno, ¿a qué hora os vais? Y, ¿cuánto tiempo estaréis fuera?

—Salimos a las seis, para llegar a Granada a las nueve o por ahí y pernoctar allí. Eso si no paramos para una merienda cena por el camino. Y no volveremos hasta el Domingo de Resurrección.

—Eres lo peor. ¿Qué voy a hacer yo todo este tiempo sin mi «best friend forever»? Pues que sepas que me haré superamiga de la «abeja reina» y te van a pitar los oídos todos los días porque te voy a poner a caldo con ella y sus acólitas.

—¡Nooooo! No sé qué sería peor, si que yo tuviera pitidos de oídos o que tú te metieras a estas alturas a cotillear. —No puedo parar de reírme—. Ainss, al final con ese plan tan siniestro la que acaba perdiendo eres tú. Mira, deja de pensar cosas raras; cuidas de mi casa durante mi ausencia; te lo pasas genial esta Semana Santa y vendes muchísimas cosas bonitas de tu tienda; y, cuando vuelva, te prometo que nos vamos «de chicas»: a bailar, a tomarnos unas copas y a ser muy malas malísimas a Huelva, ¿*OK*?

—Vale, pero lo hacemos el primer fin de semana que vuelvas. Y ni se te ocurra cambiar de opinión porque, si no…, te saco los ojos.

—Hoy estás que te sales. —Río a carcajadas—. Sácame otra cosa porque, con los ojos… —Toso, porque me falta el aire de tanto reírme—. Con lo miope que soy, no sacas en el mercado negro de órganos ni para un paquete de pipas. —Una vez más acabamos descojonadas, nos cuesta parar de reír.

—Pues nada, cambio lo de los ojos por sacarte una teta delante de todo el personal en el próximo evento social de El Rompido. Rápida como el viento te hago una foto y la acabo colgando en mi Instagram. Verás como no te ríes tanto cuando todos tus conocidos y alumnos la compartan al máximo exponente.

—Vaaaaale, saco la pipa de la paz. Tú ganas. Contra tus ocurrencias no se puede luchar. Además de la salida… te traeré unos botes de conserva de mi madre. Eso sí, con una condición: que cuando te llame diciéndote lo aburrida que estoy en el pueblo, tú me alegres el día informándome de todos los cotilleos que surjan en El Rompido en mi ausencia, ¿vale?

—¡Anda que pides algo que me cuesta trabajo hacer! Ya me conoces…, yo soy Lourdes *Radio Macuto*. A propósito, ¿te has enterado ya de que en el cumpleaños de Fátima ocurrió algo más que la pelea de Renato y Carlos? —dice bajando el tono como si no estuviésemos solas, cada una en su casa, y nos pudiese escuchar alguien.

—¡Venga ya! ¿Hubo más movidas? Pobre Fátima…, sí que va a tener un buen recuerdo de su cuarenta cumpleaños.

—Pues sí, no te puedes ni imaginar cuánto se va a acordar. Lo que paso a contarte es sobre su círculo más cercano. Me he enterado de que, cuando apenas quedaban un par de parejas en la fiesta, cuando ya casi todos nos habíamos marchado, Christian, a grito pelado, sacó a empujones de la casa a Miguel. —Lourdes se queda en silencio tras soltar la bomba.

—¡No me jodas! Pero… ¿y eso? Perdón por la palabrota.

Si mi amiga pudiera observarme en estos momentos, me vería con la boca abierta, estupefacta. Las dos familias son uña y carne. Miguel ha trabajado, mano a mano, con Christian casi desde que acabaron, hace más de veinte años, sus licenciaturas en la Universidad. Incluso, tengo entendido que se lleva más de un sueldo de la empresa de los Aranda-Zahrae. No es que Miguel llegue a la categoría de socio, pero sí que se habla de que pactó con el marido de Fátima que se quedaría con una pequeña parte de los beneficios del último proyecto que la empresa ha lanzado al mercado. Él fue el genio que fraguó «la gran idea». El diseño del que surgió el proyecto es tan brillante y tiene tal proyección mundial que, por la amistad que une a Christian y Miguel, el primero, en un arrebato de justificada generosidad, le ofreció un alto porcentaje de los beneficios. No tenía por qué haberlo hecho, pues es su jefe, pero la camaradería y lealtad que los une, junto a una conciencia desprendida, justifica la largueza de Christian.

—¡Malhablada! Pues eso, que lo echó de su casa a gritos.

—Pero ¿por qué?

—Verás... Es que… —Le cuesta un poco continuar—. Los únicos que presenciaron lo ocurrido fueron Ana Linares y Antonio Fuentes, y estos no sueltan prenda. La que parece que está hecha polvo es Rocío. Anda fuera de juego, casi no se le ve el pelo desde la fiesta. Está mandando al niño al cole con una vecina, que también se está encargando de recogerlo a la salida.

—Y, preñada como está… Entonces, ¿tú cómo te has enterado? —pregunto. No salgo de mi asombro y quiero pensar que es un chismorreo sin fundamento.

—Pues, hija, esto que quede entre tú y yo —pide con seriedad.

—¡Por favor! ¡Eh! ¿Acaso no me conoces? ¡Que soy tu amiga del alma! —exclamo dando a entender que me ofende esa petición.

—No, ya, pero es que César me advirtió de que como se lo dijera a alguien no me volvía a contar nada más en toda mi vida.

César es su marido, de profesión periodista. Trabaja en Canal Sur Huelva y monopoliza las conversaciones en las reuniones de amigos, pero, a la vez, es muy prudente en cuanto a criticar a cualquier persona o a desvelar secretos de nadie. Si estamos Jorge, Lourdes, él y yo solos y nosotras empezamos a cotillear, nos regaña y nos dice que dejemos ese comportamiento de adolescentes. Como es natural, no le hacemos caso, sino todo lo contrario. Intentamos incomodarlo más si cabe, arreciamos con nuestras lenguas viperinas hasta que nos deja por imposibles y, por no seguir escuchándonos, acaba proponiéndole a Jorge echar unas canastas de baloncesto. Mira que por su profesión debería ser todo lo contrario… Pero no, es una *rara avis* de la prudencia extrema.

Físicamente se parece un montón a Andrés Velencoso, no tanto en la estatura y corpulencia, aunque también es muy viril y se mantiene en forma, sino en las marcadas facciones de su rostro: sus impresionantes ojos, sus carnosos labios y su tupido pelo. Lourdes se cabrea un poco cuando le digo que tiene que sudar el lecho conyugal, que es demasiado atractivo para dejarlo «fresco» y suelto por ahí, porque hay demasiadas solteras al acecho de maromos «buenorros». Más de una se desgañitaría por echar un polvo con alguien tan atractivo como él.

—Te vale con que jure por Sarah Jessica Parker que no le contaré nada a nadie.

—Tras ese juramento has derrumbado todos los argumentos que pudiera tener en contra —se carcajea por mi ocurrencia—. Pues, verás, César se topó el domingo con Christian por la calle Berdigón. Christian casi se le echa encima porque iba hablando por el móvil y pegando gritos, empujando a la gente y medio ido. César iba a dejarlo pasar con un leve saludo de cabeza. Él, al reconocerlo, lo interceptó y lo retuvo del brazo mientras acababa de soltar unos cuantos exabruptos por el aparato y, acto seguido, colgó.

—Pobre César, ¡qué papelón!

—No lo sabes tú bien… Christian insistió en que se fuera a comer con él, pues era la hora de almorzar. César lo vio tan mal que fue incapaz de improvisar una excusa. Decidieron ir al bar que lleva el mismo nombre que la calle, al Berdigón 14, porque al final presentían que ninguno de los dos acabaría comiendo mucho ese día y que, con los montaditos de ibéricos que ponen allí, se podrían apañar.

—Bueno, ¿y…? —la apremio, no vaya a ser que me empiece a contar que los montaditos que pidieron eran de caña de lomo o de salchichón ibérico.

—¡No me agobies! Que tengo que ir poco a poco para no saltarme nada. —Suspiro bien alto para que Lourdes capte la indirecta.

Ojalá no acabe enrollándose en una maraña de detalles insignificantes. ¡Que nos conocemos de muchos años! Aunque, ¿de qué me quejo, si somos tal para cual en ese aspecto?

—Pues eso, que César pudo corroborar que su primera impresión era cierta, que Christian no estaba en su mejor momento ese día. Christian llamó al camarero, pidió una botella del mejor Rioja que tuvieran. Sabes que César, con un par de copas en la comida, va servido y que, a veces, lo que se pide es una tónica por los dolores de estómago que le causa el estrés; pues nada…, Christian pidió por los dos y César se tuvo que aguantar por no contradecir a su amigo. Pensó que con no beber nada más que lo que le apeteciera… —Lourdes continúa con su monólogo y yo pongo el manos libres para poder seguir haciendo las maletas—. Christian se bebió tres copas antes de que pusieran en la mesa los montaditos que habían pedido. Cuando César no pudo más y le preguntó si le pasaba algo, este se lo soltó todo sin rodeos… —Hace una pausa y se queda callada para crear expectación. ¡Esta Lourdes!

—No seas cabrona. ¿Qué le dijo? —pregunto interesadísima.

—Cuida tu lengua, no seas verdulera. ¿Estás sentada? —me regaña y advierte de forma melodramática.

—Síííííí, estoy sentada en la cama. Si quieres, me tumbo y empiezo a masturbarme para tener sexo telefónico contigo. ¡Venga ya!

—¿He escuchado algo sobre masturbarse? ¡Ostras! Pues por ahí va la cosa. —¡Vuelve a quedarse callada!

—¿Qué? ¿Que es un pajillero compulsivo? ¡Pero si todos los tíos lo son! Por favor, Lourdes…

—No sé si es o no pajillero, pero un cornudo…, eso sí que lo es —suelta y me deja *KO* por goleada.

—¡Joder! ¿En serio? ¿No estarás insinuando… ¡que hay algo entre Fátima y Miguel!? —Estoy alucinando en colores.

Fátima es una diosa y Miguel tiene su aquel, pero desde luego Christian es mucho más carismático e interesante que él de aquí a Lima. Incluso con su incipiente barriga cervecera y todo.

—No te equivoques, yo no insinúo nada. El que lo dijo muy alto y claro fue Christian. Después de contárselo a César, se dedicó a insultar de lo lindo a su mujer y a su…, imagino que, a partir de ahora, examigo-exempleado.

—¡Madre mía! ¿Y le dijo a César cómo se había enterado de que estos dos le ponían los cuernos? —pregunto, deseando conocer todos los detalles por muy sórdidos que sean.

—Sí, se lo dijo. ¿Sigues sentada?

—¡Que sí!

—Pues agárrate fuerte al colchón o al edredón nórdico, lo que más cómodo te resulte. Hacia las seis de la mañana… los pocos que quedaban en la fiesta estaban muy bebidos y a Christian no se le ocurrió nada mejor que tirarse a la piscina, vestido, para hacer la gracia. Esperaba que los demás hiciesen lo mismo, que verían lo sandunguero del tema y…, ¡al agua, patos! Pero, por más que insistió, no consiguió que, a esa hora y con el frío que hacía, se animase nadie más. Ya solo quedaban los mejores amigos de los anfitriones, Miguel y su mujer, y los últimos que abandonan un sarao, Ana Linares y Antonio Fuentes. Fátima se acercó al borde de la piscina y le dijo que ya estaba bien, que dejara de hacer el tonto, que iba a pillar una pulmonía y que estaba hasta los mismos ovarios de sus tonterías. Que si no se daba cuenta de que, cuando bebía, perdía toda su dignidad y que la gente se burlaba de él. Que estaba harta de pasar vergüenza por su culpa, que todo el respeto que conseguían trabajando duramente lo perdían en segundos por sus payasadas, etc. César cuenta que Christian, mientras le contaba todo esto, mantenía la vista baja como concentrado en el color intenso y vivo de su copa de vino. Al principio pensó que su mujer solo estaba preocupada por su salud, porque no cayera enfermo, pero Fátima siguió hiriéndolo con unas palabras tan humillantes que, al final, quien se cabreó fue él. Así que se nadó hasta el borde de la piscina donde estaba ella, la pilló desprevenida al cogerla de un pie, consiguió que perdiera el equilibrio y Fátima acabó en el agua. A partir de ahí se desató el infierno en la casa de los Aranda-Zahrae El Ghalid. Fátima, cuando se recuperó de la impresión, comenzó a insultarlo con una rabia y con una ferocidad que Christian nunca hubiese creído posibles en ella. Y, mientras salía de la piscina por la escalerilla, le dijo: «Ya no te amo, me das asco, me repugnas como hombre y como ser humano. Mañana hablaré con un abogado, ¡quiero el divorcio!». —Lourdes hace un paréntesis porque está tan impresionada al repetir estas palabras como al escucharlas.

—Madre mía, ¡qué fuerte! Pero si son la pareja ideal: guapos, con personalidad, con éxito… Y los niños… Qué mal rollo me da todo esto.

—A mí también. Hay que ver lo poco que conocemos a nuestros vecinos y amigos. De un día para otro, se pasa de ser una pareja ideal, como tú dices, a estar cada uno por su lado. O, más fuerte aún, tienes un vecino encantador y una mañana ves cómo la Guardia Civil lo saca de su casa esposado porque es un pederasta que tiene miles de archivos de pornografía infantil en su ordenador. Y lo más fuerte es que ese hijo de puta ha tenido sentados en sus rodillas a nuestros hijos.

—Joder, Lourdes…, ¡me estás poniendo un cuerpo!

—Pero es verdad, ¿no?

—Claro que sí. Bueno, y…, ¿cómo llegó Christian a la conclusión de que Miguel y Fátima estaban liados?

—Verás, según César, Christian a estas alturas de las confidencias ya se había bebido, prácticamente solo, la botella de vino. ¡Y quiso pedir otra al camarero! César le dijo que él ya no quería más y acabó convenciéndolo de que solo se pidiese una copa, en vez de una botella. A regañadientes le hizo caso, pero no antes de insistir, una y otra vez con la efusividad de los borrachos, en que compartiesen otra botella de Rioja. Al final, llegaron a un acuerdo: ni para ti ni para mí; César pidió al camarero que les trajera una copa a cada uno.

—¿Y…, lo de Miguel y Fátima? —apremio.

—Pues que Fátima salió de la piscina hecha un desastre y se encaminó hacia el interior de la casa soltando sapos y culebras por la boca contra Christian. Este se quedó tan pasmado por la reacción de ella que se tomó su tiempo dentro de la piscina, incluso se hizo unos largos para ver si se aclaraba las ideas y dar tiempo a que se le bajara el enfado a su mujer. El resto de los invitados se quedaron alelados; por un lado, no se atrevían a abandonar la casa sin despedirse de los anfitriones y, por otro, la situación los superaba y estaban deseando salir de allí.

—¿Y…? —sigo apremiando.

—Christian decide afrontar la situación de una vez por todas y sale chorreando y asustado, ya que empieza a darse cuenta de que algo ha cambiado esa noche, de que lo que le ha dicho Fátima no son solo palabras pronunciadas en un momento de ofuscación. Un poco atolondrado, va en su busca y se encuentra con que la habitación del dormitorio está cerrada a cal y canto. Al principio, intenta que Fátima abra la puerta con palabras melosas y pide perdón una y otra vez. Más tarde, pregunta con insistencia si no merece ni siquiera un poco de respeto por todos los años que llevan juntos. Al final, exige, golpeando con acritud la puerta, que le abra. A estas alturas, los invitados decidieron que ya habían tenido bastante por una noche y que mejor se marchaban, pero no antes de intentar tranquilizar a Christian. Todos miraron a Miguel, porque parecía el más idóneo para esta misión. Así que a este no le quedó más remedio que ir a realizar esta ardua tarea. Mientras, Christian había cogido unas pesas del gimnasio y estaba destrozando la puerta del dormitorio. No se dio cuenta de que su amigo se estaba acercando a él y, justo cuando Miguel iba a sujetarlo para que no siguiera con ese comportamiento tan irracional…, tuvo la mala fortuna de recibir en el hombro derecho un golpe de esos que te descalabran para toda la vida. Christian echó para atrás los brazos buscando la inercia necesaria para volver a golpear con las pesas y… —Hace una pausa teatral—: Christian le rompió la clavícula a Miguel. Se escuchó un ¡crack! terrorífico que les puso los pelos de punta a todos los presentes. Se quedaron helados y tardaron en reaccionar. Entraron en tropel a la casa, pues todavía estaban en el jardín, al escuchar el porrazo y los gritos de dolor de Miguel. Mientras, Christian se desplomaba de rodillas, dejaba caer las pesas, se doblaba en dos y vomitaba todos los excesos de esa noche. Fátima, que se había mantenido encerrada, ausente e implacable durante las súplicas, las amenazas y la agresividad de su marido, no pudo aguantar más y abrió la puerta de la habitación. Se quedó perpleja al ver la escena que se mostraba ante sus ojos; se volvió loca al escuchar los desgarradores alaridos de Miguel por la luxación del hombro. Este se apoyaba en la pared con los ojos desencajados, más ceniciento que blanco y con el brazo derecho en una posición nada natural, pues colgaba demasiado flojo y bamboleante.

—¿Le rompió el hombro? —pregunto nerviosa y reaccionando un poco tarde a la nueva información que Lourdes me está dando.

—Sí, hija sí. La clavícula. Pero no me preguntes cómo está, porque no lo sé. Ni si sufrió más daños, ni nada de nada. Como ya te he dicho, ninguno de los que presenciaron el accidente aquella noche han hecho comentario alguno al respecto. Todo lo que te cuento es lo que César me ha dicho sobre lo que le confesó Christian —explica Lourdes.

—Qué desastre, qué mala suerte tuvo el pobre Miguel.

—¿Pobre? Bueno…, no juzguemos sin saber nada más. En todo caso, pobre Rocío. Embarazada como está y con todo el bagaje que lleva encima… Con lo mal que lo ha pasado con su primer hijo… y, ahora, esto. En fin, como te iba diciendo, los invitados que aún quedaban por allí corrieron por el pasillo, atraídos por los aullidos de dolor del susodicho. Se quedaron con cara de póker, observando boquiabiertos el panorama: Christian, de rodillas en el suelo rodeado de su propio vómito y, Fátima, abrazada a Miguel hecha un mar de lágrimas, besándolo de forma convulsa en el cuello, la cara, los labios… —Lourdes vuelve a uno de sus recurrentes y prolongados silencios.

—¡Qué fuerte! Con Rocío delante y en su estado… ¿A nadie se le ocurrió llamar a una ambulancia o sacar de allí a Miguel?

—Estaban todos tan alucinados, o tan hechos polvo, que tardaron un pelín en reaccionar. Como siempre, ¡menos mal!, fue Ana Linares la que se puso manos a la obra. Apartó a Fátima de Miguel, pero, eso sí, echándole a esta una mirada con la que le decía, muy clarito, lo que pensaba de aquel comportamiento tan extraño. Con la ayuda de su marido, intentó sacar a Miguel de la casa. Christian no lo puso nada fácil porque, cuando asimiló la efusividad con la que Fátima había actuado con su empleado, le entró tal rabia que fue a por este. Empujó a Antonio y se abalanzó sobre Miguel, arrastrando a su paso también a Ana. Ciego de ira, mezcló sus insultos con los gritos de dolor del herido. A empujones, en un abrir y cerrar de ojos, se encontraron en la puerta del chalet. Christian soltó los últimos improperios y arrojó, como a un fardo, a su amigo y empleado al jardín delantero. No fue más allá porque salieron detrás de él los pocos invitados que quedaban en la casa y la mujer del herido, que recogieron y se llevaron casi en volandas al casi inconsciente hombre. Fátima no pasó del umbral de la puerta y, cuando el matrimonio se enfrentó a la soledad de un hogar que horas antes había estado lleno de risas y música…, la bomba de Hiroshima estalló: gritos, insultos, blasfemias, empujones y golpes recíprocos, lágrimas, súplicas, que acabaron con portazos y puertas cerradas. Al día siguiente, Fátima se marchó de casa. Christian cree que se ha ido a Madrid a casa de sus padres, pero estos le han jurado y perjurado que no está allí, que no saben nada de su hija desde el día de su cumpleaños. Justo cuando se tropezó con César, sus suegros lo amenazaban por teléfono. Le exigían que denunciara la desaparición de su hija a la policía inmediatamente, porque, si no, lo harían ellos. Hace más de cuarenta y ocho horas que, supuestamente, ha desaparecido.

—Todo esto me parece increíble. ¡Madre Mía! Qué follón… —intervengo.

—Pues sí. Más o menos esto es lo que Christian le dijo a César el otro día —dice Lourdes, recuperando algo de aire tras haber narrado casi de un tirón el trágico relato de lo sucedido la noche del cumpleaños de nuestra amiga.

—Bueno, a ver qué pasa con todo esto. Espero que sean lo suficientemente civilizados como para no hacer ninguna tontería, por el bien de sus hijos.

—Sí, y si acaban divorciándose… Un divorcio tampoco se tiene que convertir en una tragedia. Todos los días hay cientos de ellos. Soy de la opinión de que siempre es mejor terminar así que no aguantar por aguantar. Cuando se acaba el amor, se acaba y punto. Yo es que no puedo con los victimismos y los melodramas.

—Lo que ocurre es que, cuando hay de por medio infidelidades, estas no son píldoras fáciles de asimilar y tragar. ¿Cómo estará la otra pareja? ¿Se divorciarán también? Rocío, la pobre…, se quedaría de piedra. Sin comerlo ni beberlo se encuentra con este panorama… ¡Y esperando su segundo hijo!

—Ya ves, como te dije, está fuera de combate. No se le ha visto el pelo desde ese día.

—¿Miguel seguirá viviendo en su casa? ¿No se habrán fugado juntos Fátima y él?

—No, no se ha fugado con Fátima. Miguel sigue viviendo en su casa. Christian le dijo a César que Rocío atendió una llamada suya y se lo comunicó, seca y llorosa, antes de colgarle el teléfono, pero tampoco se deja ver. Esto es todo lo que se sabe por ahora.

—¿Qué crees que hará Christian?

—Ni idea. César lo vio fatal. El día de las confidencias bebió mucho. Se le saltaron las lágrimas en más de una ocasión. César y yo pensamos que Christian perdonaría a Fátima si esta volviera a casa arrepentida. Por otro lado, destilaba odio infinito cuando hablaba de Miguel. Lo considera el más vil de los traidores, ya que, palabras textuales, «ha socavado terriblemente los pilares de una lealtad mutua y absoluta».

—¡Qué fuerte! Pues ya está un poco crecidito para saber que la amistad dura lo que tiene que durar, que nada es eterno y que no es el primer hombre al que le tumba la mujer su mejor amigo.

—¿Estás diciéndome que la amistad no es sagrada? ¿Que nuestra amistad no es sagrada?

Creo que a Lourdes no le han gustado mucho mis últimas afirmaciones. ¿Por qué se pondrá la gente tan pesada con lo de la amistad, la lealtad, el amor, los lazos de sangre, etc. para toda la vida cuando las páginas de la historia y la literatura están llenas de traiciones, infidelidades, complots, ingratitud y demás?

—¡Noooooo! ¿Qué dices? ¿Cómo voy a pensar eso? Con lo que yo te quiero a ti. Hermanas de sangre de toda la vida. Lealtad absoluta, incondicional, es la nuestra —contesto tomándole el pelo.

—Anda, cállate ya porque me voy a mosquear. Te voy a poner un ojo morado cuando te vuelva a ver y va a ir a darle una vuelta a tu casa… ¡el gato de tu vecina!

—Me callo, pero que sepas que te quiero un montón y eso sí que es una verdad verdadera. Te voy a dejar, que tengo que acabar de hacer estas dichosas maletas. Va siendo hora de que nos pongamos en marcha para que no se nos haga muy tarde. Seguimos en contacto por WhatsApp o nos llamamos, ¿vale? Y, en cuanto se sepa algo de Fátima, dímelo, por favor.

—He intentado ponerme en contacto con ella, con mensajes, wasaps e, incluso, la he llamado por teléfono en cuanto me enteré de todo, pero sale el dichoso mensajito de que el móvil está apagado o fuera de cobertura.

—Eso mismo pensaba hacer yo: intentar contactar con ella aprovechando las numerosas horas de camino que tenemos para llegar a la Andalucía oriental.

—No te molestes, ya te digo: apagado o fuera de cobertura.

—Es para preocuparse que no se sepa nada de Fátima desde hace dos días.

—Sí, me da repelús pensar en cosas que puedan haberle ocurrido…

No tiene que decir nada más. Yo también estoy discurriendo, a una velocidad de vértigo, mil y una desgracias que le pueden haber pasado. Aunque ninguna de las dos lo verbaliza, para no atraer el mal fario sobre ella. El problema reside en que, aunque no lo queramos admitir, la maquinaria del destino sigue dale que te pego con sus engranajes engrasados, dispuestos a continuar, para bien o para mal, su férrea andadura.

—No sé cómo todavía no han dado cuenta a la Guardia Civil.

—César le aconsejó a Christian que lo hiciera con premura.

—A ver si sigue su consejo.

—A ver...

—Lourdes, te tengo que dejar. Jorge ha subido a avisarme de que tenemos que empezar a movernos. Te echaré de menos, guapa.

—Vale. Yo también te quiero un montón, corazón de melón. ¡Buen viaje!

—Besitos.

—Muchos más para ti y cuidado con la carretera.

—Gracias. ¡Volvemos a vernos dentro de nada!

13

Cuchillo, sangre, grito ahogado por una mano férrea. Cuchillo, sangre, convulsiones de una bestia herida. Cuchillo, sangre, fuerza sobrehumana luchando por la vida. Cuchillo, sangre, laxitud infligida. Cuchillo, sangre… Cuchillo, sangre… ¿Cuánto tiempo lleva así?

Suspira. Levanta la vista, mira hacia la incipiente claridad del amanecer y tira el arma mortífera. De repente, por el rabillo del ojo percibe un movimiento y se queda petrificado. Es el último estertor del cuerpo que yace a sus pies, la última bocanada de aire que exhala el cuerpo inerte. Enfoca la mirada y ve su tez pálida. Aleja la mirada de su rostro con horror y se centra en la ropa deportiva ajustada y negra. La criatura está en medio de un charco de sangre que se va extendiendo. Paralizado, mira hechizado el avance del reguero de sangre oscura, casi negra por la oscuridad de un amanecer que no acaba de despuntar. ¿Por qué no es roja? ¿Por qué es tan negra? Le recuerda a una enorme raya venenosa que avanza por las profundidades de un sombrío océano. ¿Eres idiota? Está claro… ¡Esta mujer no es de este mundo! Pertenece al infierno. Le duele la muñeca de asestarle puñalada tras puñalada. ¿Cuánto tiempo he estado haciéndolo? El plan era acabar con ella de forma rápida y limpia, y no esta masacre.

El cuchillo… ¿Dónde lo he arrojado? Debo recogerlo y hacerlo desaparecer. Aquí está. Céntrate. Mira a tu alrededor, intenta dejar el menor rastro posible en el lugar del sacrificio.

Tengo que alejarme. Todo ha terminado. No debo volver la vista atrás, como tampoco lo hizo Lot. Nos veremos en el más allá. Ahora, lo que me quede de vida, la viviré tranquilo, sin los sobresaltos que auguraban pesadumbre y tragedias. He hecho justicia. La sangre derramada me dará la fuerza y la energía necesarias para preservar el equilibrio social y moral de mi familia.

Debo deshacerme de esta ropa. Me cambiaré en el barco, nadaré hasta él y el agua de la ría me despojará de los rastros con los que ella me ha contaminado.

¡Dios! Sé que merezco el peor de los castigos, pero mantenme con vida hasta que yo mismo ejecute tu sentencia. Si fuiste clemente con Abraham cuando iba a sacrificar a su hijo («Toma a tu hijo, a tu unigénito, al que tanto amas, a Isaac, y vete a la tierra de Moriá; ofrécelo allí en holocausto…»), ¿por qué no lo eres también conmigo? ¿Por qué no has detenido la mano que empuñaba el cuchillo? Soy tu Josías, el hijo de David, el que ha inmolado a la sacerdotisa descarriada. Dame un poco más de tiempo e iré ufano, caminando descalzo sobre las brasas del fuego mientras canto tus alabanzas. El tiempo avanza a contrarreloj; exprimiré los días, las semanas, las horas, los minutos, los segundos que me quieras regalar con la máxima alegría y el gozo más exultante.

Entiendo que escuchas mis plegarias. Nadie se ha cruzado conmigo mientras deshacía el camino hacia el pueblo. Tampoco he visto a nadie oteando mi bautismo en la ría ni las ondas que he hecho durante las pocas brazadas que me han llevado a mi Alamut.

Mi refugio, mi barco. Alamut, «el nido de las águilas». Ahora más que nunca su nombre adquiere todas las connotaciones que se derivan de él. En su momento, solo fue el capricho que surgió de una lectura sobre la historia de Irán, y, fíjate… Siempre he sentido atracción por la belleza de algunas palabras y esta me cautivó. Lo que hoy se conoce como «ruinas de Alamut» fue en los siglos XI y XII una de las fortalezas más inexpugnables construidas por el ser humano, en las estribaciones de los montes de Elburz. Allí moraban los integrantes de la secta de los nizaríes cuyo fundador fue Hassan ibn Sabbah al que sus seguidores otorgaron el título de «El viejo de la montaña». El escritor libanés Amin Maalouf lo presenta en su maravillosa novela Samarcanda *como un personaje culto y sumamente curioso, que derrochaba seguridad por todos los poros de su piel.*

La palabra «asesino» deriva en nuestro idioma del nombre con el que sus enemigos nombraban a los nizaríes: «hassasin» o adictos al hachís. Estos sectarios asesinos eran como yo, pacientes y sigilosos. No les importaba esperar años para vengarse de sus víctimas. Se infiltraban entre ellas y terminaban con sus vidas cuando más seguras creían estar. No les importaba morir; es más, buscaban la muerte porque sabían que los redimiría de sus pecados.

Leyendo los apuntes de Marco Polo, encontré la verdadera esencia del término ya que el veneciano describe unos jardines maravillosos ocultos en Alamut. El paraíso terrenal de Alamut. Allí se adoctrinaba; se decía que, para seguir disfrutando de la tranquilidad que sentían bajo los efectos de las drogas, debían sacrificarse y morir cumpliendo la misión que se les encomendara.

Mi misión ha sido forjada. Ahora, solo queda llevar a cabo, pronto, mi propio sacrificio. Moriré tan embriagado de dicha como lo hacían los asesinos de Alamut.

Pasaré a la otra banda. Bordearé con mi Alamud la flecha de El Rompido. Me adentraré en alta mar y me desharé del cuchillo y de los ropajes mancillados por su sangre.

¿En sus postreros segundos de vida se habrá percatado de quién era el ejecutor de su muerte? ¿Habrá reconocido mi sombra? ¿Habrá olido mi aroma? ¿Será su último recuerdo el de mi abrazo mientras la acuchillaba? ¿Escuchó las palabras que le susurré al oído: «Tu engendro morirá contigo»? Creo que sí. Noté como apretaba con sus zarpas el brazo con el que le envolvía el cuello. Apliqué toda la presión que pude en su arteria carótida externa utilizando el radio, pero tuve que darle un golpe contundente detrás de la cabeza para desorientarla, porque la perra intentó arañarme la cara y se revolvía como una anaconda ante su letal enemigo, el jaguar.

Por unos instantes, flaqueé. No sé cuántas puñaladas le había dado ya... Flaqueé al percatarme de que el cuerpo al que le estaba arrebatando la vida no volvería a ser mío. Flaqueé al notar su desintegración entre mis manos y cómo, poco a poco, exhalaba su último aliento.

Me asusté. ¡Idiota! Menos mal que no has metido la pata. ¿Es que crees que podrías haber sobrevivido ni siquiera un minuto si hubieses llegado a arrepentirte? Tenías el control y has hecho lo que debías. Repítelo mil veces, o un millón de veces si es necesario, pero no vuelvas a ser débil.

No cometas errores. Solo los seres más despreciables se autoflagelan con trastornos postraumáticos. ¡A ti no te va a pasar! ¡Ya está hecho! No debo humillarme con pensamientos que solo quieren quitarle valor a mi hazaña.

¡Lo he logrado! ¡Lo he conseguido! ¡Bye, bye! ¡Sayonara!

Ahora me daré un buen baño en el mar. Me restregaré el cuerpo a conciencia para purificarme con sus aguas sanadoras. Después, seguiré navegando unas horas. Cuando mi inquietud mental esté bajo control, volveré a El Rompido y esperaré tranquilamente a que alguien encuentre el cuerpo. Ojalá tarden unos días para que las alimañas del pinar se den un festín con sus entrañas, para que su cuerpo se hinche y supure por todos sus agujeros la inmundicia de la que está formado.

Me sorprenderé, como todos los imbéciles de El Rompido, al conocer la noticia y participaré de los corrillos que irán de un lado a otro analizando un suceso del que no tienen ni puta idea. Solo yo tengo toda la información y me la llevaré a la tumba.

¡Yo soy la víctima! Mejor dicho... ¡Yo fui la víctima! ¡Desgraciados! He de desahogarme ahora, ya que más tarde tendré que mantener el tipo ante todas las gilipolleces que escuche.

¡Estoy más vivo que nunca! ¡Soy más fuerte que nunca!

Hasta la enfermedad va a tener que respetarme. No podrá torturarme como lo ha venido haciendo en los últimos días.

¡Me siento invencible! ¡Soy invencible!

Cuidado, cuidado..., no te envalentones como el niño que se cree triunfante del pillaje de unos céntimos del monedero de su madre. Hay cabos sueltos que pueden delatarte. Por ejemplo, el anillo. El anillo que encontraron esos subnormales, que van enseñando a todo el mundo y del que hacen preguntas tan estúpidas como pueriles. El «símbolo», así lo llamó ella cuando me lo regaló. Fui un idiota al perderlo. Nunca me lo puse, pero siempre lo llevaba en algún bolsillo. Necesitaba tenerlo cerca de mí. Recuerdo el tono ceremonioso con el que habló cuando me lo entregó: «Quiero regalártelo para que nunca olvides nuestro pacto. Representa muchas cosas: tu afición por el mar, por la pesca, pero también es el símbolo de nuestra unión. Mira en el interior y verás una palabra escrita: «Otolito». Una vez escuché como tú y él hablabais del significado de ese término y pensé que, por tu entrega incondicional a nuestro pacto, merecías un objeto que tuviera esa inscripción. Este *obsequio sella nuestra alianza. Cuando vi este anillo en una página de venta de joyas* online *mientras buscaba un regalo para él, comprendí que solo tú podrías llevarlo, que lo merecías por traer el equilibrio a mi vida. Me has complementado, has hecho que crezca en mí la semilla, me has llenado de gracia. Empieza la cuenta atrás de una nueva etapa en mi existencia. Es mi forma de darte las gracias y de pedirte que respetes eternamente nuestro compromiso».*

Maldita, fueron solo palabras vacuas, mentirosas, falsas... Cuando se enteró de mi enfermedad, ¡dijo que iba a romper el acuerdo! ¡Que iba a decir toda la verdad! ¡Que habíamos obrado mal y que era un castigo divino! Mentirosa, mentirosa, mentirosa...

¡Quedaos con el anillo, imbéciles! Nadie, excepto ella, sabe que me pertenecía. No me incriminará. Ella mantendrá su puta boca cerrada «eternamente» y vosotros nunca llegaréis a conocer su verdadero significado. Pero ¿llegó a significar algo alguna vez? No. Nunca. Nada. ¡Embustera! Espejismo en el desierto, engaño de una ramera.

14

Llevamos tres días en el pueblo de mis padres. Por estos bellos parajes el tiempo se ralentiza y no se mide con las manecillas del reloj, sino con las rutinas del día a día: despertarse con el canto del gallo; abundantes desayunos camperos; enfrentarse a las tareas domésticas como jabatos en el campo de batalla; charlas con vecinas ancianas, de pasos furtivos, que entran y salen de la casa como si fueran parte del mobiliario; preparar con mimo el almuerzo, cuidando cada detalle como si fuera una obra de arte, elaborándolo sin prisas y con la ilusión de que se degustará en la añosa mesa grande de madera, alrededor de la cual se sentarán numerosos familiares; tardes de paseos por senderos no profanados por ruedas de vehículos; noches de largas tertulias alrededor del fuego, donde se desgranan mil y una historias reales o con tintes ficticios; irse a la cama con el beso de buenas noches de una viejecita menuda que huele a especias, tomillo y romero, que te acaricia la mejilla, que sonríe tensando el rostro rejuveneciendo cuarenta años y que te transporta a la niñez.

La tranquilidad de estos días se ve interrumpida por una llamada de Lourdes. Ya en la cama, horas después, no puedo conciliar el sueño. Negros presagios me rondan por la cabeza y ninguna postura me parece lo bastante cómoda como para dejarme caer en los brazos de Morfeo. Una y otra vez, vuelvo a recordar la conversación que he tenido esta tarde con mi amiga:

—¡Hola, Lourdes! ¿Ya me echas de menos? —contesté a su llamada con la confianza propia de nuestra amistad.

—Hola, petarda. No, pero te llamo porque el pueblo está revolucionado.

—¿Y eso? No se os puede dejar solos ni un minuto porque la liais —bromeé, sin tener la más remota idea de que lo que me iba a contar no era para tomárselo a broma.

Por una vez no se fue por las ramas, enseguida entró de lleno en el tema que había propiciado su llamada.

—Habría más lío si estuvieras tú por aquí, bicho. Verás, aparte de Fátima, de la que todavía no se sabe nada, también ha desaparecido Frida —anunció de sopetón.

—¿Eh? ¿Fátima todavía no ha dado señales de vida? Joder, no quiero ni imaginar cómo lo deben de estar pasando en estas fechas los niños. Y, ¿Frida? ¿Qué pasa con ella? —pregunté atónita.

—No, no se sabe nada de Fátima. Christian dio parte a la Guardia Civil y la están buscando. Está acojonado porque lo están interrogando de lo lindo. Sospechan que él haya podido hacerle algo…, por lo que ocurrió en la fiesta. También han llamado al cuartel, para tomarles declaración, a Ana y a Antonio, porque fueron testigos de primera mano de los hechos y, cómo no, a Rocío y a Miguel, por estar implicados en el supuesto «drama sentimental». Después de verlos pasar por el cuartel, ya todo el pueblo sabe lo que pasó. No se habla de otra cosa. Bueno, miento, porque, ahora, con lo de Frida… —dejó en suspenso lo que iba a decir.

—¡Madre mía! Frida. ¡Qué locura! Pero ¿qué está pasando en el pueblo? Llevamos media vida viviendo ahí sin que ocurra nada y, de la noche a la mañana…

—De la noche a la mañana se remueven todos los cimientos de El Rompido. Sí, hija sí, como si estuviese haciendo de las suyas It, el payaso asesino que cambia de forma —dijo Lourdes, acabando mi frase al volver a hablar.

—¿Eh? ¿De qué payaso hablas? —pregunté toda descolocada.

—El monstruo espacial de la novela de Stephen King que lleva ese mismo nombre, *It*. No me dirás que no lo has leído… —Lourdes cree que, porque me gusta leer, me he leído todos los libros que hay publicados en todos los países del mundo.

—Para tu información, no, no sé de qué libro me estás hablando.

—Pero ¡si es el mejor de Stephen King! Pues verás: es un personaje algo onírico, un asesino en serie que suele aparecerse a sus víctimas en forma de payaso, pero que puede cambiar de identidad a su antojo. Por eso se llama así, *It*, que viene a ser «eso» en español; porque no se sabe realmente cuál es su verdadera forma. —Alucinada por que se estuviera yendo por las ramas en momentos como aquellos, en los que estaba tan preocupada por el paradero de mis amigas, corté su verborrea sin miramientos.

—A ver, Lourdes, que estábamos hablando de la desaparición de Fátima y Frida…, que ya me contarás otro día lo de ese monstruo-payaso.

—Pues mira, vas a tener que escucharme hasta el final, quieras o no. Ese payaso asesino atacaba, sobre todo, a los niños de un pequeño pueblo americano. Y la similitud que te estoy intentando explicar radica en que puede haber un ser maligno en El Rompido que hace desaparecer así, sin más, a la gente —me contestó algo picada.

—Yo no creo que ninguno de nuestros amigos, mucho menos Christian, tenga nada que ver con la desaparición de Fátima —ignoré su ironía—. Seguro que esta se ha enclaustrado unos días en algún hotel o casa rural de los alrededores hasta que las aguas se calmen. En plan «gran actuación dramáticovictimista» para llamar la atención y que sean otros los que arreglen el desaguisado.

—No sé, estoy preocupada. En El Rompido hay cierta atmósfera enrarecida que… Creo que algún payaso asesino anda al acecho.

—¡Paso de tu payaso asesino, Lourdes! Prometo leerme el libro ese en cuanto vuelva al pueblo, pero ¡vale ya!, ¿no? —le recriminé un poquito.

Oí sus carcajadas al otro lado de la línea.

—Vale, pero lo has prometido: tienes que leer el libro. Esta amiga mía es increíble.

—Como te iba diciendo, no me imagino a ninguno de los tres —Christian, Miguel o Rocío— haciéndole daño a Fátima. Fíjate que, si fuera al revés, no las tendría todas conmigo. En cuanto a lo de Frida… No me entra en la cabeza que también haya desaparecido.

—Lo de Frida es rarísimo. José se fue a pescar de madrugada el miércoles. Frida y él habían quedado el día anterior en que ella se iría después de desayunar para Sevilla. Iba a visitar a su familia unos días. En concreto, desde el Miércoles Santo hasta el Domingo de Resurrección. Hasta ahí todo normal. José no se fue con ella porque este año, con los días tan revueltos que hemos tenido y las pocas capturas que ha hecho…, pues no está el horno para dejarlo vacío mucho tiempo. En estas fechas el pescado se cotiza a un precio más alto, por el incremento de turistas en el pueblo. A los pescadores les quitan las capturas rápidamente de las manos.

—¡Por fin! Lourdes se centró y volvió al relato de los acontecimientos que tienen conmocionados a los vecinos del municipio.

—Claro, normal.

—Pues bien, cuando José regresó de trabajar (serían las cinco de la tarde) repartió por los comercios, bares y restaurantes el pescado. Acabó esa aburrida tarea y fue en busca de los tres integrantes de su tripulación, con los que previamente había quedado en la cafetería Singladura, para asignarles el dinero que correspondía a cada uno por el duro día de trabajo. Acabó la jornada tomando con ellos, y con algunos amigos, unas cervezas. Por último, fue a ver a sus padres, cenó con ellos y, hacia las once de la noche, ya estaba en su casa duchado y listo para tumbarse en el sofá y ver una película. Ya sabes que él es un gran cinéfilo, que tiene una filmografía espectacular en las estanterías de su enorme mueble del salón. Ya sea en DVD, en Blu-ray o, incluso, en antiguos VHS.

—Sí —afirmé.

Jorge y yo hemos podido disfrutar de este *hobby* coleccionista de José, ya que es muy generoso y no le importa prestar sus películas a los demás.

—Bien, pues antes de ponerse la película llamó a Frida al móvil para ver qué tal le había ido el día con su familia en Sevilla, para darle las buenas noches, para decirle que la echaba de menos y, si ella le preguntaba, para contarle también su propia jornada. Se quedó alucinado cuando el tono del móvil de su mujer sonó justo a su lado, exactamente en la mesa supletoria que tienen entre los dos sofás. Pensó que se lo habría dejado olvidado con las prisas de preparar las maletas, el viaje y demás. Frida tenía pensado coger el autobús que hace el trayecto Cartaya-Huelva en la parada del centro del pueblo; ya sabes, la que está a unos metros de la panadería. Frida no quería dejar el coche tantos días aparcado en la estación de autobuses de Damas y por eso lo de coger el bus local.

—Es cómodo utilizar el autobús y despreocuparte, pero podría haberle pedido a su cuñado que la acercase a Huelva —comenté.

—¡Ja! Ya sabes la relación tan mala que mantiene con la familia rompiera de José. No les pediría ayuda ni aunque se estuviera ahogando en la ría y ellos fueran los únicos que pudieran salvarla —asentí con la cabeza, aunque Lourdes no podía verme, porque es *vox populi* en El Rompido la nula afinidad de Frida con los Barroso—. Bueno, pues el siguiente paso de José fue llamar a casa de sus suegros. No le dio tiempo ni de saludarlos ni de preguntar por Frida porque su suegra le soltó nada más coger el aparato: «¿Qué pasa con Frida? Llevamos esperándola todo el día. ¿Se ha puesto enferma? ¿Te has puesto enfermo tú? He estado llamándola todo el día al móvil y al fijo de vuestra casa y no me habéis cogido el teléfono». José se empezó a poner nervioso. Le dijo a su suegra que él la había dejado en la cama, dormida, a las tres de la mañana para irse a trabajar; que los planes eran que ella al medio día estuviera ya en Sevilla; que acababa de llegar a casa; que había llamado para hablar con ella antes de irse a la cama, y... «¿Qué me estás diciendo?». ¿¡Que Frida no estaba con él!? ¿Que el móvil se lo había dejado olvidado en casa y que...? Sí, que ahora veía las llamadas y los mensajes que Lucía, la madre de Frida, le había enviado, respondió él. No pudo seguir hablando mucho más con la pobre mujer. Esta no entendía la situación, igual que tampoco la podía comprender José, y ambos se estaban poniendo histéricos por momentos. Se acabó contagiando de la intranquilidad de su suegra y, muy nervioso, terminó la conversación con brusquedad. Se quedó mirando el teléfono y pensando en qué instante habían empezado a desvariar ambos con acusaciones sin sentido. Al principio no entendía nada, después intentó tranquilizar a su suegra y, al final, tuvo que colgarle el teléfono. ¿Qué más podía decirle si él mismo estaba sintiendo un doloroso pellizco en el costado, si empezaba a notar que no podía respirar con normalidad y que los pensamientos le aturrullaban?

—Madre mía. Pero ¿entonces no se sabe nada? ¿Qué ha hecho José? ¿Ha acudido a la Guardia Civil? —Imaginar al pobre José, con lo bueno y generoso que es, en esa coyuntura... me dejó alelada.

—Lo primero que hizo fue llamar a una de sus hermanas, a Rocío, para ver si ella sabía algo, porque es la única de la familia que mantiene cierta cordialidad con Frida. Esta le dijo que no había hablado con su cuñada desde la fiesta de Fátima. A continuación, José le encargó que llamase al resto de los familiares y a todas las amigas de El Rompido, por si alguien tenía alguna idea sobre su paradero. Su siguiente movimiento fue cambiarse de ropa, pues después de la ducha se había puesto un pijama, e ir al cuartel de la

Guardia Civil de Cartaya a denunciar la desaparición de su mujer. A esas alturas tenía tanta ansiedad acumulada en el cuerpo que casi se mata con el coche. Se puso a más de ciento ochenta kilómetros por hora por la recta de la carretera de Cartaya. Se salvó de tener un accidente de milagro. Después de la recta, en la primera curva, redujo un poco la velocidad. Si no lo llega a hacer… Le dio la vida el hecho de que no venía ningún coche de frente, si no, no lo cuenta ya que se metió de lleno en el carril contrario.

—De locos todo esto.

—La verdad es que José, dentro de lo que cabe, tuvo suerte porque el guardia civil que le tomó declaración fue muy amable. Se tomó en serio la preocupación del muchacho. Le dijo que, aunque se recomienda esperar un par de días para denunciar la desaparición de un adulto, siempre es bueno hacerlo cuando se sospeche que algo raro ha pasado porque así las autoridades pueden empezar a actuar. En caso de que la persona aparezca pronto, se puede retirar la denuncia.

—Creía que había que esperar veinticuatro o cuarenta y ocho horas para denunciar una desaparición.

—Pues ya ves que no es necesario. Eso es lo que vemos en las películas americanas, pero no es esa la realidad. El guardia civil le hizo un montón de preguntas a José y el pobre no supo contestar a la mitad de ellas porque no se había fijado en lo que faltaba o no en casa, si Frida había llegado a hacer las maletas o no. Fue tanto el agobio que le dio cuando su suegra le dijo que su mujer no estaba con ellos que ni pensó en comprobar estas obviedades. La autoridad siguió preguntándole por los hábitos y costumbres de ella, si se había marchado de casa otras veces por peleas de pareja u otras causas. José contestó como pudo o supo a todas las preguntas y, al final, quedaron en que iba a acompañarle a El Rompido una pareja de la Guardia Civil para hacer unas primeras pesquisas en la casa. También intentaron tranquilizarle diciéndole que, una vez formulada la denuncia, a la persona desaparecida se le da de alta en la red informática de la Dirección General de la Policía, por lo que en el momento en que dé señales de vida…, ya sea porque haga alguna gestión burocrática, utilice sus tarjetas, le pidan la documentación, etc., el ordenador da aviso de que está denunciada como desaparecida. Aunque se encuentre en la otra punta de España, está fichada y se la localiza.

—Lo que pasa es que creo que es difícil encontrar a alguien que no quiera ser encontrado, por lo menos en España. No sé si aquí funciona eso que se ve en las películas americanas… Lo de que, si se ponen en serio, sacan los cuerpos hasta de debajo de las piedras.

—Es lo que tiene la vida real, que nada es tan fácil como nos lo pinta la ficción —filosofó Lourdes.

—Y, al final, ¿sacaron algo en claro con el registro del adosado? —pregunté.

—No. Solo comprobaron que Frida no había llegado a hacer la maleta, que toda su documentación estaba en casa, y José, por más vueltas que dio de una habitación a otra, no echó en falta nada de nada. Así que no. El enigma se acrecentó más si cabe. Le dijeron a José que se fuera a dormir a casa de un familiar para que no contaminase cualquier posible prueba que pudiera haber en la casa, que ellos u otra pareja de compañeros volverían por la mañana a echar otro vistazo y a preguntar a amigos y vecinos si habían visto u oído algo que les pudiera llevar a conocer el paradero de Frida. Y con eso están, preguntando a todo el mundo y poniendo patas arriba la casa.

—¿Han rastreado los alrededores? Ya sabes que ella se toma muy en serio lo de la «operación biquini» y que le encanta correr por los alrededores del pueblo —se me ocurrió preguntar y comentar a Lourdes.

—Están en ello. Hay mucho movimiento de vehículos policiales y de la Guardia Civil por el pueblo. Creo que están flipando de que de la noche a la mañana hayan desaparecido, sin dejar rastro, un par de mujeres de la localidad. A lo mejor me acerco y les digo que otra posible línea de investigación es la de It, el payaso-mutante-asesino. —Volvió a la carga utilizando un tono de voz enronquecido en su último enunciado. Lourdes, una vez que se pone…

—Los policías estarán flipando, pero los que vivimos ahí estamos alucinando. ¡Por Dios! ¡Que son nuestras amigas…! ¡Joder! —Adrede ignoré su último comentario.

—Sí. Imagínate cómo está la gente… No se habla de otra cosa ni se piensa en nada más. Se comentan un montón de tonterías y se empieza a notar que de la perplejidad se está pasando al miedo.

—¿Miedo? ¿Por qué? —pregunté.

—Miedo por si les ha pasado algo, miedo porque son dos sucesos que han ocurrido con pocos días de diferencia y miedo por si desaparece alguien más —dijo Lourdes, bajando la voz como si le diera vergüenza expresar lo que estaba diciendo. Acto seguido, aclaró—: Se le está yendo la olla a algún que otro personajillo del pueblo y están diciendo que, a lo mejor, tenemos un asesino en serie entre nosotros. Yo voto por It.

—Vamos, lo último que me faltaba por escuchar. Es de locos. La gente está muy mal, pero que muy mal. Chalados. Ven demasiadas series tipo *Dexter*, *El Mentalista* o *Mentes criminales*. O, como en tu caso, leen libros no aptos para mentes desequilibradas. Estoy segura de que no tiene nada que ver la desaparición de Fátima con la de Frida —contesté indignada.

—Yo también lo estoy, pero… eso es lo que se rumorea. Por otro lado, César me ha dicho que van a hacer un reportaje sobre este asunto en Canal Sur, porque ya es imposible parar la bola.

—¿De que tenemos un asesino en serie en El Rompido?

—No, hombre, no. Sobre la desaparición de dos chicas en un intervalo de tiempo tan cercano. El cariz que van a darle no creo que sea tan tremendista, imagino que difundirán la noticia para ver si alguien las ha visto en algún sitio y pueden ayudar. También se ha empezado a comentar el tema en Facebook.

—Desde que estoy en mi pueblo natal no he entrado en las redes sociales, así que no he visto nada.

—Pues sí, en Facebook están actualizando y compartiendo fotos de ellas. Muchas de las fotos son de las que nos hacemos en los eventos varios de El Rompido. Esto ya es una ola que no se puede parar, pero, por ahora, no ha habido resultado alguno.

—Vaya rollo. Bueno, Lourdes, gracias por llamarme. Si se sabe algo…, cuéntamelo, ¿vale? Te voy a dejar, que tengo que ayudar a mi madre con el almuerzo. La estoy oyendo trastear en la cocina.

—Vale, pelusilla. ¿Por ahí todo bien?

—Sí, todo bien. Mis padres con sus achaque, pero todavía se pueden apañar solos.

—Me alegro. Dales un beso de mi parte.

—Lo haré. Otro beso para ti, princesa.

—Y para ti.

—Bueno, te cuelgo, ¿vale?

—Sí, adiós.

<h1 style="text-align:center">15</h1>

Llevo todo el día dándole vueltas a las extrañas desapariciones de mis amigas. No sé cuánto tiempo ha transcurrido desde que me acosté; apostaría a que ya deben de haber pasado varias horas y, aun así, sigue sin vencerme el sueño. Esta tarde he requemado una remesa entera de roscos fritos porque no estaba en lo que tenía que estar. Menos mal que mi santa madre se ha reído, me ha sustituido en ese quehacer y me ha relegado al puesto que en aquel momento estaba ocupando Laia, el de rebozarlos de azúcar una vez que son retirados de la sartén.

¿Qué les pasa por la cabeza a los individuos que toman la drástica decisión de desaparecer sin dejar rastro? ¿Por qué rompen el contacto con todas aquellas personas que fueron su mundo hasta el momento en el que se esfuman de la faz de la Tierra? No incluyo ni a Fátima ni a Frida en este grupo de sujetos. Estoy segura de que ambas volverán a dar señales de vida.

En el caso de Fátima está claro: se ha quitado de en medio porque debe de estar avergonzada por lo acontecido el día de su cumpleaños. Que se le fuera la cabeza hasta el extremo de pedirle el divorcio a Christian y revelar su infidelidad… Así, de golpe, sin haber tenido en cuenta las posibles consecuencias de sus acciones... No es como para sentirse muy a gusto consigo misma. Debe pasar algún tiempo hasta que pueda volver a controlar su vida, hasta que pueda volver a aceptar que se la juzgue por sus actos y que vuelva a tener ganas de regresar a casa. Imagino que ya debe de haberse puesto en contacto con alguien. Con Miguel tal vez, o con algún familiar o allegado más íntimo. La verdad es que, más que miedo porque le haya podido pasar algo, lo que siento en estos momentos es curiosidad porque le haya sido infiel a Christian. ¡Con el mejor amigo de su marido, con Miguel! Me imagino un enredo al más puro estilo de guion de culebrón sudamericano.

En cambio, Frida..., su desaparición sí que parece un sinsentido. Me pongo en la piel de José y un escalofrío me recorre la espina dorsal. Mi cuerpo responde con un movimiento brusco que casi despierta a Jorge. Este, al sentirlo, ha pegado un respingo y ha cambiado de posición dándose la vuelta. Por unos instantes he tenido la angustiosa sensación de precipitarme al vacío. Parece que una vaga intuición interior, emocional, me está alertando de que algo malo ha pasado y que yo podría haberlo impedido. No tiene sentido porque no sé nada, no puedo hacer nada y, además, no quiero involucrarme en los malos rollos de nadie. Bastante tengo con mi vida y mis problemas para encima vivir los de los demás. Sin embargo, aunque luche contra ello, la idea o la sensación tremendista sigue rondándome.

Es como una intuición surrealista que me conduce a presentimientos que no puedo explicar, pero tan certeros respecto a que algo malo ha pasado o va a pasar que me asustan. Soy atea y para nada supersticiosa, así que me da rabia sentir esta sensación premonitoria. No obstante, no puedo olvidar todas las veces que he intuido que algo no iba bien, ni tampoco que, tras el desasosiego, siempre se produce un incidente o desastre que pone patas arriba mi ámbito social, laboral o familiar. Todo empieza con cierta ansiedad, inquietud o malestar físico para luego convertirse en una sensación visceral que trastoca mi rutina diaria y que impide que pueda concentrarme en otras cosas.

Así me siento en estos momentos, abrumada por el torbellino de detalles insignificantes que he vivido al lado de Frida, pero que, en mi fuero interno, creo relevantes porque pueden explicar su desaparición: lo que luchó por derrumbar las barreras sociales y familiares, casi insalvables, que se alzaban en su relación con José; el deseo de ser madre y todo lo que sufrió con el duro tratamiento de fertilidad para nada, porque no llegó a cuajar nada en su vientre; el dominio de los ataques de ansiedad que a veces sufre y que se toma como un reto personal de superación, por lo que ni se plantea ir a un especialista para que se los alivie o cure...

Para mí Frida es como una semidiosa de la mitología griega, posee atributos que podrían haberla encumbrado a la fama o a la riqueza, pero ella se ha conformado siempre con lo que el resto de los mortales tiene: puñados de tristezas y alegrías en su día a día. ¿Habría heroínas trágicas sin la mirada condescendiente de los simples mortales? ¿Esas miradas histriónicas contribuyen a que chicas como Frida sean felices o contribuyen a que se inmolen en la mediocridad del engranaje social?

Me estoy poniendo muy profunda esta noche y no es que me apetezca demasiado hacerlo. Cierta impotencia me corroe por dentro. No quiero seguir recreándome en pensamientos catastrofistas. ¡Qué ironía!, ¿no soy la principal abanderada de los clichés positivistas? ¿La que siempre habla de que hay que buscar soluciones y lamer las heridas para que estas curen con rapidez? Pues venga, ¡manos a la obra! ¡Aplícate tu propia medicina! Piensa en qué puedes hacer para ayudar a tus amigas.

¿Y si creo un grupo de WhatsApp con algunas de las chicas del pueblo? A lo mejor, entre todas, podríamos recoger datos que vertieran un poquito de luz sobre las misteriosas desapariciones. Podría llamarlo «Buscando a F & F». No añadiría a cualquiera, sino a aquellas personas que puedan aportar y no restar. Por ejemplo, la hermana de José y las mejores amigas de ambas desaparecidas (Ana Linares, María Montes, Felicidad de la Rosa, Luna Bernáldez y, cómo no, Lourdes). Ahora mismo no se me ocurre nadie más. Desde luego, no quiero que sea un grupo muy numeroso para que no nos perdamos en divagaciones; tampoco puedo incluir a Bella Aranda, ya que esta defendería con uñas y dientes a su hermano y pondría a parir a su cuñada por lo de los cuernos. Menos aún a Rocío, por su incipiente embarazo y, bueno..., por lo demás. ¡Joder! Pobre chica, y yo hace unos días soltándole un montón de excusas y huyendo de ella en el supermercado.

Una vez creado el grupo de WhatsApp, el siguiente paso sería pedirles a las chicas que cuenten algo que consideren relevante. Tengo que conseguir que hablen. Que hablen de Frida y de Fátima y cuenten lo que sea, por nimio que pueda parecer en un principio, pero que hablen. En las series de televisión o en las novelas policiacas, en las que se desentrañan inexplicables misterios y enigmáticos asesinatos, los datos que en un principio parecen insustanciales acaban por cobrar relevancia y son los que ayudan a resolver el rompecabezas.

Mi labor será recabar toda la información posible, encajar piezas y ofrecer a José y a Christian los datos significativos que recopile en el grupo. Un puñado de madres metomentodo jugando a detectives... No puedo dejar de sonreír durante un rato. Seguro que cosas más raras se han visto a lo largo de la historia de la humanidad.

No voy a contarle nada de esto a Jorge y voy a pedirles a las chicas que ellas tampoco digan nada a nadie. No sé si serán capaces de guardar el secreto, porque a estas alturas quien crea que lo que se cuenta en un grupo de WhatsApp no va a salir de ahí... ¡Dios! ¡Si yo no estoy en el grupo de Las más de lo más..., madres y amigas de El Rompido y me entero de todos sus cotilleos! A propósito, lo último que sé de este grupo es que ahora se hace llamar «Las más de lo más..., madres y amigas, ricas y famosas de El Rompido». Descojonante. Pues mira, algo de razón llevan con esto de ampliar el nombre. Vuelvo a reírme. No deja de ser original, aunque no se acerque ni remotamente a la realidad. ¿O sí?

No quiero meter la pata. Me asusta que el grupo se convierta en un vil canal de cotilleos, en cerbatanas que arrojen dardos venenosos que puedan herir la reputación de mis dos amigas desaparecidas. No me apetece tirar piedras en tejado ajeno, pues es algo inherente a la idiosincrasia de las personas lo de comentar hasta la saciedad los defectos o virtudes de nuestros congéneres.

A veces, echo de menos esa privacidad que había antes, cuando no se aireaba todo a través de las redes sociales, sino que se contaban las vicisitudes de la vida en la calidez y confianza de una reunión con amigos íntimos, paladeando una buena botella de rioja acompañada de tapitas de jamón y queso. Si bien es cierto que hay muchas personas que eligen ver lo positivo en los demás y no lo negativo. De hecho, conozco a sujetos muy prudentes que, cuando hablan de los demás, siempre es para justificar sus actos o sus palabras. Es una pena que sean una minoría.

¿Qué nos lleva a ser tan crueles con nuestros semejantes? Mi teoría es que necesitamos creernos mejores que el resto para sentirnos más seguros y menos desgraciados, más listos y no tan ceporros, más guapos y no tan feos… y, así, poder mirarnos al espejo por la mañana y aceptarnos tal y como somos.

Sin embargo, «somos como somos». Debemos empezar por respetarnos más a nosotros mismos para poder respetar lo que los otros son. Debemos juzgar menos y tender más la mano. Necesitamos empezar a olvidarnos de «estereotipar» y debemos aprender a respetar las diferencias. Y, sobre todo, analicemos en profundidad si nos compensa o nos desprestigia, como seres con raciocinio, el cotilleo por el cotilleo innecesario y autodestructivo. Apliquémonos las palabras de Gandhi: «La felicidad se alcanza cuando lo que uno piensa, lo que uno dice y lo que uno hace están en armonía». O también las palabras que pronuncia un anciano, superviviente del holocausto judío a manos del régimen nazi, personaje secundario de la película que fuimos a ver Jorge y yo hace una semana al cine, *Kamikaze*, y cuyo director es Álex

Pina: «Siempre hay alguien que sufre más que tú, y tienes dos opciones: o pudrirte por dentro o bailar al ritmo de la vida». Yo, de momento, seguiré bailando al ritmo de la vida, aunque me voy a poner un reto: pensar más y hablar menos.

16

Volviendo a hacer maletas, ahora porque se nos acaban los días de vacaciones. Cada vez es más duro despedirse de «los abueletes», como dice Laia. Los meses que vivimos en la otra punta de Andalucía y no los vemos les pasan factura a una velocidad de vértigo; ya no son solo las cabezas nevadas o los cientos de surcos cincelados en sus rostros, sino el desgaste interior que los achicando y absorbiendo como si les quisieran extraer, poco a poco, el jugo. Después de las decenas de besos y abrazos, nos metemos con premura en el coche familiar; enseguida bajo la cabeza y empiezo a toquetear los botones del aire acondicionado y los de la música. No quiero ver a mi madre llorar. No puedo ver cómo, parada en la puerta del jardín, tan chiquita e indefensa, se enjuga las lágrimas con el pico del mandil. Es una escena que se ha repetido tantas veces que no necesito verla para saber que está ocurriendo. Me da mucha pena imaginarla así, acrecienta mi cobardía. Me avergüenzo de mi actitud, pues son instantes que no volverán e imágenes para el recuerdo que pierdo de mi madre.

Tal vez adolezco de esa enfermedad tan del siglo XXI, aquella de la que la mayoría de los seres humanos nos hemos contagiado en la búsqueda de un «maná» del que alimentar nuestras almas inmortales. El individualismo del tipo «no quiero sufrir, sino ser feliz». Por eso nos vamos separando de nuestros semejantes, de aquellas personas a las que más queremos. Vamos poniendo distancia entre nosotros y ellos y nos aislamos en un espacio unipersonal de confort reduccionista que, como toda enfermedad que se precie, conlleva consecuencias horribles. La más terrible es la del alejamiento del «calor humano». Por calor humano entiendo: abrazar, poner una mano en el hombro, cogerse de la mano o del brazo, darse los besos infinitos que antes nos daban nuestras abuelas, los pellizquitos en las mejillas, las palmadas en la espalda, etc. Y, en este caso, no querer presenciar las lágrimas de esa personita que nos va a echar tanto de menos, porque su vida siempre han sido sus hijos, que estará acongojada durante horas pensando en que no nos volverá a ver en meses.

En los tiempos que corren, cada vez somos más «sosos» y «estirados» emocionalmente hablando, o «víctimas egocéntricas» de nuestros círculos sociales y existenciales.

¿Tan difícil es dejar de mirarnos el ombligo en esa estúpida búsqueda de felicidad constante?

Intentamos repeler el sufrimiento escondiéndonos tras feas máscaras de hierro que nos aíslan de la realidad en nuestro devenir diario. Nos aterra desprendernos de ellas, quedarnos desnudos y con la cara lavada, por miedo a que nos hieran o a que nos descubran tal y como en realidad somos. Por lo mismo, nos alejamos de una «naturalidad sana» y provocamos, queriendo o no, el distanciamiento de los demás.

¡Es tan fácil justificar estos comportamientos con argumentos! Yo no puedo hacerlo. No puedo justificar, de ninguna de las maneras, el alejarme con cobardía de las lágrimas de mi madre.

17

Los dos últimos días han sido frenéticos: cientos de mensajes de WhatsApp han colapsado mi iPhone. Sin embargo, estoy bastante decepcionada porque, por ahora, no hemos sacado nada en limpio. Ni una pista, ni una idea que nos lleve hasta el paradero de nuestras amigas. ¡Esa es otra! Han transcurrido dos días más y no aparecen por ningún lado.

Tengo que replantearme lo del grupo de WhatsApp, me quita mucho tiempo y no confío en que vaya a funcionar. Somos solo siete, pero hacemos más ruido que un grupo de infantes desdentados, meados y cagados, en la guardería. Además, tenemos que ir con cuidado, no me canso de recordar a las chicas, una y otra vez, que sean prudentes, que no vayan diciendo por ahí que estamos haciendo nuestras propias averiguaciones. Aunque, más que averiguaciones, yo diría que se quedan en cotilleos, que proponemos tesis absurdas y que nos mareamos siguiendo pistas falsas.

Por otro lado, ya hay alguna que otra mosca detrás de la oreja, algunas de las del grupo «oficial» de amigas han notado cómo mermaba la participación de «mis chicas» en su grupo y están haciendo preguntas comprometidas, del tipo: «¿En qué andarán estas que ya no se dejan ver tanto como antes por el WhatsApp?». He tenido que aleccionarlas para que entren más a menudo en el otro grupo y no se limiten solo al de Buscando a F & F.

Las seis horas que vamos a tardar en llegar a Huelva las voy a dedicar a apuntar en mi superlibreta la información más relevante, la que mi intuición separe del «ruido vacuo» por alguna indescifrable razón.

Ana Linares, que siempre escribe correctísimamente los mensajes: *«Christian está fatal, no es para menos. Fátima debe de estar pasando por la crisis de los cuarenta porque, si no, es que no se entiende. Antonio y yo hemos visto a Christian varias veces desde aquel día… Y la verdad es que no levanta cabeza. Está hecho polvo. No puede con todo lo que se le ha venido encima. Los negocios los tiene abandonados, aunque ha pedido ayuda a su hermana y a su cuñado para algunas gestiones. Los niños…, es una pena verlos tan cabizbajos. La madre de Christian está haciendo de canguro las veinticuatro horas del día. La policía sigue teniendo a Christian en su punto de mira. La familia de Fátima lo ha denunciado porque cree que él está detrás de su desaparición. En fin, lo vemos desquiciadísimo».*

Lourdes: *«Pobre José, creo que se va a volver loco, porque va por ahí diciéndole a todo el mundo que a Frida le ha pasado algo, que tienen que buscarla por los pinos o por la mar, que la mar se la ha llevado, que la mar lo odia por todo lo que él le ha arrebatado…».*

Rocío Barroso: *«X q coño le tiene q pasar esto a mi hermano??? ¿¿¿De verdad no sabéis ninguna de vosotras dónde está Frida??? ¡Si sabéis algo, decidlo! F lo único q ha hecho es traerle problemas a José desde el puto día en q este la conoció».*

Ana Linares: *«Rocío, estamos aquí para intentar averiguar algo. Si supiéramos "cualquier cosa…", ¿no crees que lo habríamos dicho? ¿No crees que se lo habríamos comunicado a la Guardia Civil o a la Policía Nacional cuando estos han pedido la colaboración de los ciudadanos?».*

Yo: *«No te angusties, Rocío, verás como todo se arregla. Lo mejor que puedes hacer en estos momentos es mantener la calma y transmitírsela a tu hermano. Si José está tan nervioso…, no hay que dejarlo solo ni un minuto. Las demás podemos dedicarnos a recabar información sobre los pasos que dio tu cuñada, por El Rompido o alrededores, antes de que desapareciera».*

Felicidad de la Rosa: *«Estuve con ella el martes en el ambulatorio de El Rompido. Llevé a Rodrigo al médico porque le salió un sarpullido muy aparatoso por todo el cuerpo. Le pregunté a Frida si le pasaba algo y me dijo que creía que había pillado una gastroenteritis, porque le dolía el estómago y había tenido unas décimas de fiebre la noche anterior».*

Ana Linares: *«Algo le pasaba últimamente. Se la veía con mala cara. Acordaos de cuando se desmayó en la cuesta, enfrente del Café de Inma… A lo mejor salió a correr por los alrededores del pueblo o a hacer yoga a la otra banda con la patera de José y le ha dado algo. Y está tirada por ahí».*

Rocío Barroso: *«La patera está en su sitio. ¿Crees q a mi hermano no se le ha ocurrido esa posibilidad? Pues sí!!! Y ha batido la otra banda en su búsqueda, con nuestros hermanos, familiares y amigos. Y se ha echado a la mar, con otros barcos de El Rompido, para ver si las corrientes sacaban a flote el cuerpo. Y se ha pateado las playas, desde Punta Umbría a Isla Cristina, preguntando a todo el mundo».*

Lourdes: *«Seamos eficientes, chicas. Lo más importante en este momento es compartir todos los datos que podamos para ver si se nos ha pasado por alto algo que pueda ayudar».*

Yo: *«Lourdes tiene razón, centrémonos en lo importante. A ver si procuramos no enfadarnos entre nosotras por expresiones o malentendidos en el WhatsApp».*

Ana Linares: *«En lo que estábamos: Fátima desapareció después de su fiesta de cumpleaños, más o menos…, ¿desde las seis a las nueve de la mañana? Se podría reducir un poco más el intervalo, pero dejemos un margen de posible error en el efecto-causa. Así que no se sabe nada de ella desde hace siete días. En cambio, Frida se ausenta desde el miércoles, día dieciséis. O sea, si hoy estamos a diecinueve de abril…, un par de días sin dar señales de vida. La hora en la que se esfumó…, ni idea. Podría ser desde las tres de la mañana hasta la hora en la que volvió José a casa».*

Rocío Barroso: *«José llegó a su casa pasadas las once».*

Ana Linares: *«Resumiendo, a Fátima la llevan buscando más o menos cuatro o cinco días, porque los primeros días no se denunció su desaparición, ya que en su círculo familiar o íntimo se pensaba que iba a volver con el rabo entre las piernas y la cabeza gacha tras sus deleznables actos».*

Yo: *«Ana, no juzguemos, por favor».*

Ana Linares: *«Ayla, no te confundas, no es juzgar, es lo que es y punto. En cuanto a Frida, llevan buscándola un día. ¿No, Rocío?».*

Rocío Barroso: *«Oficialmente, sí, pero nosotros —J, la familia y los amigos— llevamos haciéndolo desde hace dos días».*

Felicidad de la Rosa: *«Posibles porqués de las desapariciones: Fátima tiene motivos suficientes para no aparecer por un tiempo, en cuanto a Frida…, no tenemos ni idea».*

Rocío Barroso: *«Ja!!! No me explico cm no os habéis dado cuenta d q Frida está como una cabra. Tarde o temprano, tenía q pasar algo así».*

Lourdes: *«Ro, ¿en qué te basas para decir eso de tu cuñada? Te lo pregunto no por cotillear, sino por si a nosotras se nos ha pasado algo…, ya que parece que tú tienes una imagen de ella totalmente distinta a la nuestra».*

Rocío Barroso: *«Podría contar tantas cosas de esa… Pero no quiero echarle mierda encima hasta saber q es lo q realmente ha pasado. A ver si aparece d una puta vez y podemos olvidarnos d los malos ratos q estamos viviendo x su culpa».*

Ana Linares: *«También se sabe que Fátima no se ha largado con una mano delante y otra detrás, sino que sacó de su caja fuerte todo el dinero que tenían guardado en ella, más de tres mil euros. Hizo un par de maletas a la carrera, dejando los armarios y cajoneras del vestidor manga por hombro, y se llevó toda su documentación, pasaporte incluido. Además, el coche ha aparecido estacionado en el* parking *de Las Monjas de Huelva. Por estos datos se entrevé que, incluso, puede estar fuera de España. La policía mantiene como principal sospechoso a Christian, pero baraja otras hipótesis. La que más fuerza cobra es la de que se ha marchado a algún sitio y que no quiere ser encontrada. Así que se la está buscando por los países en los que tiene amigos o familiares».*

Felicidad de la Rosa: *«Le controlarán las tarjetas de crédito, habrán preguntado en la estación de autobuses y en la de tren de Huelva por si ha utilizado alguno de estos medios de transporte, ¿no?».*

Ana Linares: *«Pues claro, es lo primero que la policía habrá hecho, y también estarán utilizando los organismos u organizaciones especiales encargados de la búsqueda de personas desaparecidas en otros países».*

Rocío Barroso: «*F no se ha llevado nada. Todas sus cosas están tal y como siempre las tenía. No se llevó ni el móvil, ni su bolso… Nada. No sabemos ni lo q lleva puesto. José no es d los q se fija en esas cosas y, con la cantidad d ropa q tiene…*».

En el grupo se han escrito cientos de mensajes, pero lo más interesante está concentrado en estos ya que subrayan la información básica de la que tenemos que partir: los días en los que desaparecieron, posibles motivos por lo que pueden haberse marchado y detalles de las circunstancias que rodean las misteriosas ausencias.

Chocantes han sido las actitudes de Luna Bernáldez y de María Montes. La primera se ha salido del grupo sin haber participado ni una vez y sin dar una sola explicación. La segunda, María Montes, no rechazó la invitación de unirse al grupo, pero se ha mantenido callada durante horas, sin decir ni pío, y, de pronto, ha dejado caer: «Mi marido me ha pedido que abandone el grupo. Opina que no debemos inmiscuirnos en asuntos policiales y, además, le molesta (le produce dolor de cabeza) que suene constantemente el tono de los mensajes de WhatsApp. Lo siento». Como es natural, en cuanto ha salido del grupo, hemos empezado a rajar de ella y de lo atontada que está. Primero, porque quedamos en que no se lo íbamos a decir a nuestros respectivos; segundo, porque está totalmente dominada por el déspota y controlador, Jesús; tercero, porque ya va siendo hora de que se quite la «torrija» que tiene encima y espabile.

18

Escuchar esas malditas sirenas hará que me estalle la cabeza. Deben de haberla encontrado. ¿Cuánto tiempo ha pasado? Casi tres días. Poco tiempo. Si hubieran tardado un poco más…

La esperé en el lugar más recóndito del bosque, en la curva donde aminoraba la velocidad cuando corría, donde existe ese irregular y deteriorado relieve que tiene una pronunciada cuesta hacia arriba. Aun así, arrastré unos metros el cuerpo hacia lo más intrincado de las retamas. Tenía que alejarla lo máximo posible del camino. ¡Me costó tanto! Solo tras recibir el golpe en la nuca dejó de intentar desasirse y pude hacerlo.

Tengo que enterarme de lo que está pasando. ¿A quién puedo llamar sin levantar sospechas? Imagino que a cualquiera de los imbéciles del pueblo. Escucho a la idiota de mi mujer hablar por teléfono del tema. Cotillas, putas cotillas. Me asquea escuchar en la boca de esta simple su nombre.

Su nombre, ¡cuántas veces lo he deletreado! Me fascinaba por su sonoridad, por su exotismo, por las connotaciones sexuales que tenía para mí, por lo hipnótico de sus letras cuando lo garabateaba en algún papel… Un día busqué su significado en una de esas estúpidas páginas de internet que hablan del origen de los nombres: «De naturaleza emotiva, amable y condescendiente…». ¡Y una mierda! «Suave, cordial, sagaz», me troncho. Sagaz, la muy hija de la gran puta. «Ama la armonía de las formas y los métodos persuasivos», sí que dominaba esos métodos, la muy zorra. «Ama el acompañar y ser acompañada», como las prostitutas, como las rameras; si no hubiera sido conmigo, hubiese sido con cualquiera. «Pensadora práctica, que planea en grande y, al planear, se sirve simultáneamente de la codificación y de la demolición», ¿práctica? Demoledora, sí. Ha podrido todo lo bueno que se ha cruzado en su camino. «Su mente es tanto más previsora cuanto más extensa es la empresa», planeó la jugada creyendo que tendría todas las cartas de su parte, pero no pensó en las consecuencias. No vio venir que el cuento de hadas que se había construido a medida se convertiría en su peor pesadilla. «Ama lo importante, lo que requiere tiempo y obra con el tiempo». Suelto una carcajada. Eso es lo único que no has tenido…: tiempo. Desintégrate, púdrete…

No has podido llevar a cabo tus amenazas, tus locuras. Decías: «Me arrepiento», «me siento sucia», «voy a contarlo todo». Llegaste hasta el extremo de fisgonear en mi vida. ¿Qué coño pretendías, que nos inmolara el vulgo? ¿Que nuestros nombres estuvieran en boca de esos que no son más que bazofia? ¿Acaso pensabas que saldrías bien parada de todo esto? ¡Estúpida, zafia, ridícula…! ¿Cómo pude pensar que eras diferente a las demás? ¡Qué digo diferente! Eras la peor, una rata de cloaca. En ti se concentraba lo más deficiente de vuestro género.

Desde el Génesis se puede apreciar la pasta de la que están hechas las mujeres, ¡todas pecadoras!: «Multiplicaré tus sufrimientos en los embarazos. Con dolor darás a luz a tus hijos, necesitarás de tu marido y él te dominará». Todas y cada una de las hembras que pululan por cualquier lugar de la Tierra tienen el estigma de la primera puta transgresora, de Eva. Tú no ibas a ser menos…

¿Cómo me dejé cegar? ¿Cómo pudiste encandilarme con tu labia demoniaca?

Tertuliano de Cártago, uno de los padres latinos más respetados y clarividentes de su tiempo, ya lo dijo bien claro:

«¡Ustedes son la puerta del infierno!».

«¡Ustedes son las que rompieron el sello del árbol prohibido!».

«¡Ustedes son las primeras desertoras de la ley divina!».

«¡Ustedes son las que persuadieron a Adán, pues el demonio no tenía el valor suficiente para atacarlo!».

«¡Ustedes destruyeron tan fácilmente a la imagen de Dios, al hombre!».

«¡Por causa de lo que ustedes merecían —esto es, la muerte— aún el Hijo de Dios tuvo que morir!».

Tu culpa no cargará los hombros de nadie. Has recibido el castigo que merecías por la inmundicia que rodeaba tu vida. Tu muerte servirá de ejemplo y sentencia para las demás.

*Dos teólogos dominicos, Jakob Sprenger y Heinrich Kramer,
escribieron en su obra* El Martillo de las brujas (Malleus
Malificarum) *lo siguiente: «Qué puede ser una mujer sino la enemiga
en la amistad, un castigo ineludible, un mal necesario, una tentación
natural, una calamidad deseable, un peligro doméstico, un detrimento
deleitable, un mal de la naturaleza pintado de bellos colores» —blandos
fueron en esta descripción. Demasiado benévolos con las arpías—.
«Cabe señalar que había un defecto en la formación de la primera
mujer… —¿solo uno?— …dado que ella fue formada de una costilla
doblada, esto es, de una costilla del pecho, la cual está doblada como en
dirección contraria al hombre. Y, a través de este defecto, ella es un
animal imperfecto que siempre engaña».*

*¡Animales, eso es lo que sois! E, incluso, peores que las bestias
por vuestra imperfección. Lleváis grabada en vuestro interior la tara del
yerro.*

Fémina (mujer en latín) viene de fe *y* minus *(menos), con eso
está dicho todo.*

*No debo preguntarle nada a la mujer con la que cohabito. Su
simpleza es tal que no sabría ni explicarme lo que le están contando en
este momento. Aunque estoy seguro de que, en cuanto cuelgue el teléfono,
vendrá, con su risita nerviosa de hiena, a narrarme lo que haya
discernido, seguro que cuatro migajas de la realidad. Lo mejor será
llamar al periodista, a César; creo que es la persona más adecuada y la
que mejor me puede informar de todo lo que circule por el pueblo sobre el
tema.*

*Mi enfermedad será la tapadera y la excusa perfecta que
utilizaré para no dejarme ver por El Rompido hasta que no pase el
tumulto que ha ocasionado el hallazgo del cuerpo de la furcia. Mi
enfermedad, la que nos ha llevado a todo esto… Ironías de la vida. Será
el impecable camuflaje de mi acto de redención. Por lo menos durante el
tiempo necesario para dejar todas las gestiones en buenas manos. Tengo
que pensar en el futuro de mi familia. Mi máxima prioridad debe ser la
de dejarles un legado, perpetuar el bienestar del que disfrutan.*

*Elegí a una mujer, engendré descendientes, y es responsabilidad
mía cubrir sus necesidades. Los niños son sangre de mi sangre, son los*

vástagos de mi estirpe, los que seguirán inmortalizando el apellido del que tanto me enorgullezco.

Y pensar que pude llegar a tener un bastardo con el apellido de otro… ¿Cómo me dejé engañar? ¿Cómo pude ser tan cobarde? ¡Tengo que pagar mi error! No es suficiente con haber derramado su sangre, sino que tengo que asumir mi propia falta. Asumo mi culpa. Merezco la peor de las flagelaciones, merezco el peor de los vituperios, merezco ser partícipe de mi propia destrucción.

No cometeré ese error, el que dicen que es tan común entre los que perpetran un asesinato: el de acudir como un mirón más al lugar del crimen para regodearme ante los policías y ante mis convecinos. Imagino que quien comete esa estupidez se mezcla con los demás voyeurs *para regocijarse de que no sospechan, ni remotamente, que él ha sido el ejecutor. Ese cuerpo que se mezcla con el de los demás, que emana el mismo hedor que el de los otros, el que se engalana el rostro con la máscara del estupor por la escena que contempla. Aquel que, en realidad, en su mente baila el tango más hermoso con el alma de la víctima. Aquel… podría ser yo, pero, aunque tenga tentaciones, aunque me pique el gusanillo de estar en primera línea, aun así, no cometeré ese error.*

César, tengo que llamar a César.

19

No puede ser, no puede ser… ¡Dios mío! ¿Cómo ha podido ocurrir algo así en El Rompido? No paran de sonar decenas de bip por los mensajes que recibo en el WhatsApp.

Tirada en los pinares. Abandonada entre las retamas como si se tratase de un trapo desechado. Desangrada. Acuchillada con saña. Esto es un sinsentido. ¿Por qué? Por favor, por favor… No puede ser verdad.

El camarero nos acaba de traer los platos, que habíamos pedido en el restaurante de carretera en el que hemos parado a almorzar una vez dejada atrás Sevilla, pero la única que se abalanza sobre ellos devorando literalmente lo que contienen es Laia. Jorge y yo, desde que hemos recibido la llamada de Lourdes informándonos del hallazgo, somos incapaces de tragar un solo bocado.

Nos miramos y nos vamos pasando el móvil según van llegando los mensajes. Parecemos dos tristes mimos gesticulando en un lenguaje de gestos tétricos y grotescos. Hacemos como que prestamos atención a la verborrea de Laia y apenas sí articulamos las palabras necesarias para que ella crea que la estamos escuchando.

Hablar del tema no podríamos ni aunque quisiéramos, porque, aparte de que no sabemos qué decir —estamos en *shock*—, tampoco queremos comentar nada delante de la niña ya que las pilla todas al vuelo.

En cuanto Laia se da por satisfecha, pedimos la cuenta al camarero. Al traérnosla, nos pregunta con mirada hosca: «¿No les ha gustado la comida a los señores?». Jorge responde con cortantes y lacónicas frases: «Hemos recibido una mala noticia y se nos ha quitado el hambre». El pobre hombre se queda tan parado por la intromisión en nuestra intimidad que se deshace en disculpas, pero nosotros no hacemos caso y

169

salimos de allí cabreados con el mundo y cabizbajos. No sé si peligrará nuestra integridad física el resto del camino hacia El Rompido.

Desde luego, yo desisto de conducir, aunque ese había sido el trato antes de parar a comer. No sería capaz de concentrarme con las emociones tan intensas que estoy sintiendo en estos momentos: estupor, desasosiego, miedo, rabia, aturdimiento y ganas de llorar.

Le ponemos una película en el reproductor DVD a Laia y, cuando esta se coloca los enormes auriculares rosas, podemos, al fin, exteriorizar algo de lo que estamos sintiendo y pensando. Jorge no me ha pedido que conduzca; él se va a enfrentar al último tramo de vuelta, aunque esté cansado. Apunto uno más en la enorme lista de detalles que de continuo tiene conmigo para compensar que en otras ocasiones no sea el hombre más romántico y perfecto del mundo.

—¿Te puedes creer que hayan matado a nuestra amiga? —pregunto a Jorge.

—Todavía estoy asimilando la noticia —dice.

—Según Lourdes, se han ensañado con ella.

—Hay que estar muy loco para hacer algo así —asevera Jorge.

—Creo que me voy a echar a llorar de un momento a otro, tengo un nudo en la garganta que me impide incluso tragar saliva —digo con los ojos humedecidos.

—Bebe un poco de agua, la botella está detrás de tu asiento, te sentará bien —sugiere Jorge poniéndome la mano en el muslo izquierdo y apretándolo. Es su forma de darme ánimos. Yo le correspondo apoyando mi mano izquierda en su pierna derecha. Cuando viajamos, me gusta colocarla ahí durante casi todo el camino. Tocarlo me hace sentir bien y me tranquiliza, aunque para experimentar esas sensaciones hoy necesitaría algo más que ese acto rutinario. No sigo su consejo, no busco la botella de agua, porque dudo mucho que pueda tragar nada.

—¿Por qué le habrán hecho algo así? —pregunto por preguntar, ya que intuyo que Jorge está tan confuso como yo.

—No podemos saberlo —responde—. A lo mejor no hay ningún motivo, sino que estaba en el momento y en el lugar equivocados. Quizás se cruzó con un psicópata que iba a la caza de una víctima cualquiera.

—Jorge, no puedo creer que sea así de simple. No tiene sentido. No, me niego a creer eso.

—¿Qué sentido quieres encontrar en un crimen como ese? —contesta alzando la voz.

—¡El que sea! Quiero que haya una explicación, un algo… No una justificación, porque no hay ninguna justificación posible a tanto horror, pero… No sé… ¡Joder! —Era irremediable; me doblo en dos y empiezo a llorar. Como no quiero que Laia se dé cuenta intento que mis hipidos sean lo más silenciosos posibles.

Llevo las lentillas puestas, así que dentro de unos minutos las tendré tan empañadas que no veré casi nada, pero no puedo remediarlo. Necesito llorar, sacar la rabia y la impotencia que tengo dentro. Podría quitármelas, siempre coloco el neceser en los asientos traseros por si tengo una emergencia y necesito hacerlo. Mantengo al alcance de la mano los líquidos, el bote de lentillas y las gafas, por cualquier emergencia. Es demasiado tarde, no hay nada que hacer, las lágrimas brotan a raudales y ni quiero ni puedo pararlas. Pobre chica, pobre amiga.

Jorge para en una gasolinera y me dirijo al cuarto de baño a quitarme las lentillas y ponerme las gafas. Laia y él tienen que acompañarme, porque no veo un carajo. Una espesa niebla me impide dar un paso sola. Nuestra hija se troncha de risa diciendo que su padre y ella parecen los lazarillos de una cieguita, aunque también se muestra preocupada y me pregunta por qué no puedo ver bien. Inocentes ocho años, todavía se la puede engañar con cualquier patraña. Me he inventado que se me ha metido una pestaña entre la lentilla y el ojo y que no puedo abrirlo, porque, cada vez que lo hago, me duele mucho. Se queda pensativa y me vuelve a preguntar que si me ha pasado lo mismo en los dos ojos, porque ve que tengo ambos cerrados y rojos. En la puerta de los servicios, su padre se la lleva en volandas y me ahorra el tener que seguir mintiéndole para justificar lo del otro ojo.

Pasando por San Juan del Puerto me mandan la breve reseña que ha salido ya en el diario digital *huelvainformación.es*:

Encuentran a una exmodelo residente en El Rompido salvajemente acuchillada

Huelva (España), sábado 19 de abril de 2014

El cadáver de una mujer de 32 años, Frida López Campos, fue hallado esta mañana en avanzado estado de descomposición. La víctima presentaba señales de haber sido apuñalada. El cuerpo fue encontrado a las 10:30 a. m. en un paraje poco transitado de El Rompido, cerca de la desembocadura del río Piedras, por una pareja francesa que disfrutaba de su viaje de novios en la zona. Comunicaron al 062 que habían encontrado el cuerpo de la mujer en un terreno circundado por espesas retamas, a unos metros del sendero por el que iban caminando. Se ha sabido que la víctima solía correr, cada día, por dicha zona.

Una patrulla de la Guardia Civil de El Rompido ha sido el primer contingente en desplazarse al lugar del suceso, haciéndose cargo de la situación hasta que ha llegado el equipo de la Policía Judicial.

Los agentes han podido comprobar que la víctima tenía múltiples heridas de arma blanca, pero no han podido localizar el arma homicida ni en el lugar del suceso ni en los alrededores. Lo que sí han hecho es acordonar la zona en la que se ha hallado el cuerpo de la mujer y buscar pistas que ayuden a esclarecer el brutal crimen.

El suceso ha dejado estupefactos a los vecinos de El Rompido, un pequeño municipio del litoral de Huelva que apenas pasa de 1600 habitantes y donde prácticamente todos se conocen. La víctima, casada pero sin hijos, desapareció de su hogar el Miércoles Santo. Desde ese día no se ha sabido nada hasta hoy. El jueves por la tarde empezaron a buscarla, familiares y amigos, por los alrededores del pueblo, en la flecha de El Rompido y por las playas de El Portil y Punta Umbría.

El propio alcalde de Cartaya, nos informan fuentes de la investigación, había llegado a contactar con una asociación de canes de salvamento para que ayudaran a buscar a la mujer. El marido, José Barroso, desde el primer momento en el que supo que su mujer había desaparecido, manifestó que esta no se había marchado por propia voluntad.

Los investigadores de la Policía Judicial de Huelva no descartan la hipótesis de una agresión sexual como móvil del asesinato, aunque el cuerpo se encontraba completamente vestido. Por los signos de descomposición del cuerpo y por los días que llevaba desaparecida, se estima que el apuñalamiento debió de producirse el miércoles a primeras horas de la mañana.

Los investigadores centran sus pesquisas en los conocidos de la mujer para intentar aclarar, lo antes posible, las circunstancias que envuelven este crimen y están pidiendo encarecidamente la colaboración de los ciudadanos.

El cadáver ha sido trasladado al Instituto de Medicina Legal de Huelva por orden del juez que instruye la causa, pendiente de que se le realice la autopsia y se determine el motivo de la muerte.

El Ayuntamiento de Cartaya y la Asociación de Vecinos del Municipio de El Rompido, donde residía la víctima, han convocado esta tarde concentraciones de repulsa ante esta trágica muerte.

Informaron a *huelvainformación.es* fuentes de la investigación.

20

Arribamos a la puerta de la urbanización donde vivimos, después de atravesar casi todo el pueblo, y nuestro asombro es mayúsculo. Toda la villa respira tranquilidad, apenas hemos visto algunas personas por las calles: un par de niños sorteando los baches con sus bicicletas y algún que otro turista despistado, en pantalón corto y chanclas. La vida continúa, no parece que haya cambiado nada a pesar de lo que ha sucedido. El Rompido sigue siendo ese remanso de paz del que tanto nos enorgullecemos sus habitantes.

Casi saltamos de nuestro asiento al escuchar la sirena de un vehículo de la Guardia Civil o el de una ambulancia acercarse. Jorge y yo nos miramos; no necesitamos pronunciar ninguna palabra para transmitirnos que, aunque en apariencia todo parezca en orden, ya nada volverá a ser igual. La flema con la que actuábamos los lugareños se ha disuelto. Se izarán las velas de la celeridad hacia otros derroteros, los recovecos de la prevención y de las miradas suspicaces.

Nada más abrir la puerta de casa, mientras Jorge ayuda a Laia a bajar del coche y va sacando las maletas, yo corro hacia el teléfono fijo y marco el número de Lourdes. Mientras suenan los tonos de llamada y espero a que mi amiga responda, subo las escaleras del segundo piso y me enclaustro en el dormitorio principal. Busco intimidad y discreción.

—Síí, Ayla, ¿ya habéis llegado? —Reconoce mi número de teléfono porque ambas tenemos nuestros respectivos números grabados en el identificador de llamadas.

—Hola, Lourdes. —Se me quiebra la voz y no puedo continuar.

—Hola, corazón. ¿Llevas mucho tiempo esperando para contactar con nosotros? —Me cuesta entender la pregunta.

—Acabamos de llegar y lo primero que he hecho ha sido llamarte. ¿Por qué me preguntas eso?

—Ufffff, no veas la mañana que llevamos. Hoy era uno de los días libres de César esta Semana Santa, pero ha tenido que salir a cubrir la noticia. En cuanto los del pueblo lo han visto por ahí con la Guardia Civil y las autoridades de Cartaya…, han empezado a importunar. El teléfono no ha parado de sonar en todo el día. En este pueblo se creen que un periodista, por el hecho de tener esa profesión, tiene que estar enterado de todo y, además, que si te conocen de un hola y un adiós ya tienen derecho a molestarte, a llamarte por teléfono, a ir a tu casa…, a que les cuentes todo lo que sepas.

—Lourdes necesita desahogarse, así que dejo que lo haga—. Has tenido suerte de contactar con nosotros a la primera. Acabo de colgarle a una señora, que no conozco de nada, aunque ella aseguraba que sí. Ha estado diez minutos justificándose, diciéndome que nos conocíamos del colegio, que era la madre de un niño que está en un curso por encima del de mi pequeña Coralia. ¡Hay que tener cara!

—Y, ¿qué quería?

—Pues lo que todo el mundo: información. Conocer datos sobre lo que le ha pasado a Frida —baja el tono al pronunciar su nombre.

—Yo llamo para lo mismo. —Me avergüenza reconocerlo, después de las quejas que ha soltado Lourdes.

—No seas tonta, tú no te mides con el mismo rasero que los demás —contesta—. De todas formas, poco más te puedo contar aparte de lo que he ido comentando en el grupo de WhatsApp. Hay que esperar a que los especialistas hagan su trabajo, ya sean los forenses o los agentes que se encargan de la investigación.

—Jorge y yo estamos todavía bajo los efectos del *shock* que hemos sufrido al conocer la noticia —afirmo compungida.

—Así estamos todos los que conocíamos y queríamos a Frida —noto como se le quiebra la voz al pronunciar el «queríamos».

—¿Y José? ¿Cómo está? —pregunto.

—Ufffff, he conseguido hablar con Rocío y…, bueno, lo han tenido que empastillar.

—¿Empastillar? —No entiendo a la primera lo que me quiere decir con eso.

—Darle pastillas, drogarlo para que no cometa alguna locura —explica.

—Oye —le digo casi en un susurro—, su familia estará junto a él en todo momento, ¿verdad?

—Si dices eso porque estás pensando en… —ni Lourdes ni yo pronunciamos la palabra «suicidio», pero es la que nos está rondando por la cabeza—, la familia no lo deja solo ni un minuto. Todo el clan Barroso se está turnando para acompañar, cuidar y sosegar a José.

—¿Quién puede ser tan monstruoso como para cometer un asesinato tan atroz?

—Eso mismo se deben de estar preguntando todos los de El Rompido en estos momentos. La mayoría estará especulando si ha sido uno de nosotros, algún vecino del pueblo o… si ha sido José —asume Lourdes con pesar.

—¡Bah!, eso último no lo puede pensar nada más que algún gilipollas descerebrado.

—Según todos los indicios, los que se conocen por ahora, José se encontraba trabajando cuando el homicidio se produjo.

—Sus empleados corroborarán la coartada, además es un hombre tranquilo y cualquiera que lo conozca mínimamente sabe que es incapaz de matar una mosca. —Nunca se puede poner la mano en el fuego por nadie, pero, por una vez, conociendo como conozco a José…, lo haría sin dudarlo.

—Tienes razón, solo una mente enferma podría pensar que alguien como él podría haberle hecho daño a Frida.

—La noticia del periódico decía que la había encontrado una pareja de franceses.

—Sí. Ya ves, unos recién casados pasando su luna de miel en el hotel Fuerte. César me ha contado que, mientras iban haciendo uno de los senderos que hay cerca del hotel, a ella le entró un apretón y se fue pitando a desahogarse. Como, al parecer, la chica es muy tímida, se metió más de la cuenta entre las retamas y, sin comerlo ni beberlo, se llevó el susto de su vida —cuenta Lourdes.

—La noticia del periódico también dice que ellos llamaron al 062 —repito lo que Lourdes ya sabe. ¿Por qué lo hago? ¿Por seguir dándole vueltas a la maldita historia?

—La chica debía de estar histérica, así que imagino que quien llamó fue el marido. La centralita, al recibir la llamada, lo comunicó a la patrulla de la Guardia Civil más cercana. Los guardias del cuartel del pueblo son los que han acordonado la zona y han mantenido a raya a los senderistas, ciclistas y mirones que se acercaban por allí, hasta que han llegado los de la policía judicial. Que, por cierto, César me ha comentado que estos últimos han felicitado a nuestros chicos de El Rompido por su eficacia y su buen hacer a la hora de llevar a cabo ese trabajo. Al parecer, es fundamental preservar el terreno en la escena de un crimen para no contaminar posibles pruebas que puedan esclarecer la investigación.

—Me alegro de que, por lo menos, eso se haya hecho bien, que la Guardia Civil y la Policía Judicial hayan conseguido colaborar y la intervención haya sido la adecuada. Ahora solo falta que detengan a ese mierda. —Doy por hecho que debe de haberlo hecho un hombre, porque, una cosa así…, como que es difícil imaginar que lo haga una mujer, aunque en ambos géneros hay psicópatas rematados.

Hablamos un poco más y nos despedimos. He tenido una idea. Miro el reloj: son casi las seis. Pienso que las madres del grupo estarán bajando al parque a esta hora con sus hijos, aunque hoy quizá no tienen cuerpo para hacerlo. Dudo. Creo que sí que bajarán porque seguro que quieren desahogarse y comentar los hechos con las demás. Al fin me decido. Llamo a Laia y le pregunto si quiere bajar al parque para ver si encontramos a algunos de sus amiguitos en él. Da saltos de alegría y grita varias veces «Síííí». Jorge, sin embargo, no entiende muy bien por qué quiero salir a la calle si acabamos de llegar de un largo viaje y, además, con lo que ha pasado. No dice nada, pero intuyo que cree que voy a cotillear y me joroba que esté pensando eso de mí. Me incomoda, pero no tengo tiempo de explicaciones.

Corro escaleras arriba, abro una de las mesitas blancas de Ikea que tenemos en el dormitorio de invitados y cojo el anillo con cabeza de pescado que nos encontramos Jorge y yo.

Tenía razón; en una de las mesas de la cafetería de la plaza están sentadas frente a varias tazas de café Ana Linares, María Montes, Felicidad de la Rosa y Luna Bernáldez. En el parque se ven pulular las cabezas y las extremidades de toda la caterva de niños de estas cuatro. Laia, como siempre, sale disparada hacia allí, olvidándose por completo de mí.

Nos saludamos con brevedad y enseguida me uno a la conversación que tenían en ese momento, que no podía ser otra que la del asesinato de Frida. Como siempre, la que más interactúa y la que lleva la voz cantante en la cháchara es la arrolladora Ana Linares. En estos momentos no estoy para escuchar lo ya sabido, así que corto lo que Ana está diciendo sobre lo peligroso que es andar de noche por el pueblo después de lo ocurrido y voy al grano, ya que para eso he salido pitando de casa.

—Chicas, creo que el anillo que encontramos Jorge y yo tiene algo que ver con lo de Frida —suelto de sopetón, interrumpiendo lo que está diciendo en esos momentos Ana y creando la expectación que yo imaginaba. Acompaño mis palabras sacando del bolso el susodicho objeto y colocándolo encima de la mesa a la vista de todas.

—¿Por qué piensas eso? —pregunta Ana, algo molesta porque haya cortado su parlamento sobre prudencia y seguridad ciudadana.

Aun así, alarga la mano y coge el anillo para inspeccionarlo.

—Porque creo que el asesinato de Frida ha sido premeditado, que alguien que la conocía debió de espiarla antes de matarla, que debía saber que ella iba a ir a correr ese día…

—Insinúas que la han estado vigilando —dice Felicidad de la Rosa.

—Sí, estoy convencida de que el asesino llegó a controlar todos los pasos que daba Frida. Seguro que la estuvo observando en el pinar y la vio pasar corriendo más de una vez por aquellos parajes —intento que mis palabras sean convincentes y muestren la seguridad que quiero transmitir con mi argumentación. Necesito que ellas las asimilen, ya que espero que estas se repitan por todos los rincones de El Rompido y lleguen al asesino—. Este anillo —digo señalando la joya que sigue examinando Ana— se le cayó al cabrón que ha matado a Frida.

Como si de pronto le hubiese quemado los dedos, Ana lo suelta en la mesa. Espero reacciones adversas o argumentos en contra de esta arriesgada hipótesis, pero las he dejado tan conmocionadas, que, durante unos segundos, se limitan a contemplar el anillo.

—¿No deberías llevárselo a la Guardia Civil? —pregunta con sensatez Ana. Desde luego, no cabe la menor duda de que es la más inteligente del grupo.

—Sí, pienso hacerlo esta misma tarde, pero no sé si servirá de algo, entre otras cosas porque ya le han puesto los dedos encima demasiadas manos, así que por las huellas digitales… Pero quería enseñároslo antes a vosotras para que corrierais la voz, ya que, si estoy en lo cierto, el muy hijo de puta a lo mejor se pone nervioso, acaba cometiendo alguna estupidez y logran pillarlo lo antes posible.

—No sé qué te pasa, Ayla… Creo que ya va siendo hora de que dejes de ser tan fantasiosa. No sé si te has dado cuenta, pero esto es la vida real no una novelita de esas que tú lees en las que algún personajillo frustrado y paranoico se cree el rey del mambo de los detectives —me increpa con rabia María Montes. Se levanta dispuesta a marcharse, no sin antes sentenciar—: Dejaos de chorradas y de jueguecitos, no vaya a ser que tengamos que lamentar otra desgracia.

Ni me ha dado tiempo a replicar. Se ha dado media vuelta, ha entrado en la cafetería a pagar al camarero su café y, rodeando varias mesas para no volver a pasar por nuestro lado, se ha encaminado. Cuando ha reunido a sus dos vástagos, los ha cogido de la mano y se ha metido por un callejón sin mirar ni una sola vez a nuestra mesa, ignorándonos por completo.

—Pero ¿qué tripa se le ha roto a esta? —pregunto al fin, después de que me baje el sofocón que me han producido sus palabras. ¡Me he puesto roja! ¿Así me ven mis amigas, como una fantasiosa que no vive en la realidad, sino en los argumentos de sus lecturas?

—No hagas caso, es que lo está pasando muy mal. Lo de Frida es muy fuerte —intenta quitar hierro al asunto Luna Bernáldez.

—Todas sentimos lo de Frida y no vamos por ahí soliviantando a la gente —replica Ana de inmediato.

¿Son imaginaciones mías o me está defendiendo? «Ayla, no te emociones demasiado, solo ha sido su forma de decir que hay que mantener las formas, pase lo que pase. Ana es Ana y lo seguirá siendo hasta el fin de sus días».

—Me has cortado y no había acabado de hablar —increpa Luna a Ana en un tono bajito, pero contundente—. María lo está pasando muy mal por lo de Frida y porque Jesús está muy enfermo.

¿Muy enfermo? ¿Qué le pasa? ¿Desde cuándo? No habían dicho nada hasta ahora. No sé qué está pasando en los últimos tiempos en nuestro grupo de conocidos, hemos tenido unos cuantos casos de cáncer: de mama, de piel y de próstata; hígados hechos polvo; depresiones y ataques de ansiedad; hernias discales o inguinales; nódulos tiroideos; pequeños infartos de miocardio y un largo etcétera. Tiene su lógica, porque estamos en el ecuador de nuestras vidas. A partir de los cuarenta ya se sabe…

—¿Qué le pasa a Jesús? —pregunta Felicidad de la Rosa.

—No soy yo quien tiene que contarlo. Solo digo que no hay que tenerle en cuenta a María los improperios que pueda soltar en estos momentos porque la pobre está muy alterada con todo lo que se le viene encima —Luna dice esto y se queda tan pancha.

Me repatea, e imagino que al resto de los mortales también, que alguien suelte algo así, que cree expectación y… ¡punto final!

—De todas formas, no se puede perder la educación nunca. Todos tenemos problemas y no por ello vamos actuando como energúmenos con nuestros semejantes —puntualiza Ana.

Más de una de las que estamos sentadas en esta mesa tendríamos cantidad de anécdotas que contar sobre Ana y su «saber estar». ¡Pero si no se calla nada! Sin embargo, por unanimidad pasamos por alto sus palabras. Vuelvo a intervenir para matizar el plan que traigo entre manos.

—Como os iba diciendo, si por casualidad el anillo pertenece al asesino y llega a sus oídos que lo hemos encontrado, que está en poder de la Guardia Civil… A lo mejor se pone nervioso y comete algún error que propicie que lo cojan. Creo que por intentarlo no perdemos nada, ¿no?

Todas se muestran de acuerdo en tender telas de araña informativas en esa dirección y en contarnos cualquier cosa que derive del anillo en el grupo de WhatsApp Buscando a F & F. Ana pide cambiar el nombre del grupo. Nos quedamos en silencio durante unos minutos, ¿a qué viene eso? Ana opina que ahora debería llamarse «Buscando a X & F». Explica que la X es por el criminal que ha acabado con la vida de nuestra amiga. ¡Anda que pensar en eso en estos momentos…! No replicamos nada a la propuesta y, con voces que suenan demasiado apagadas en un grupo de mujeres, nos vamos levantando y medio despidiendo, ya que todavía hemos de llamar, reunir a nuestros hijos y sacudirles la arena. Despejamos la zona con rapidez, como si fuésemos un grupo de gaviotas asustadas ante un inminente enemigo.

Antes de comenzar a subir la cuesta del Café de Inma, me desvío hacia la derecha, donde está ubicado el cuartel de la Guardia Civil de El Rompido. No debo demorarme más en la entrega del anillo; un sexto sentido me dice que está relacionado con Frida. Me da un poco de vergüenza irles con el cuento, por si me toman por loca o por la típica entrometida de turno.

Le digo a Laia que se quede jugando en la puerta. Al principio refunfuña, pero acaba aceptando la orden cuando saco el móvil del bolso y se lo doy para que juegue con su mascota tecnológica preferida, el Pou.

Subo los tres escalones que llevan a la pequeña habitación donde se encuentran tecleando delante de pantallas de ordenadores un par de jóvenes agentes de la Guardia Civil, golpeo la puerta con los nudillos y les doy las buenas tardes. Me saludan y se quedan a la espera de que diga por qué estoy allí.

Me cuesta arrancar, pero una vez que lo hago intento no parecer una chiflada. Tengo suerte, parece que estos chicos me toman en serio o, por lo menos, que no descartan del todo que el anillo pueda servir para algo. Creo que es porque todo es tan reciente que se agarrarían a un clavo ardiendo con tal de identificar al cabrón que ha matado a Frida.

Les cuento, con pelos y señales, cómo encontramos Jorge y yo el anillo. Uno de ellos teclea a un ritmo frenético. No puedo ver lo que escribe, pero me imagino que estará tomando nota de lo que le estoy diciendo.

—¿Sabe alguien más que encontraron ustedes este anillo por esa zona? — pregunta dejando de teclear.

Como no sé con qué intención lo pregunta, me entra un sudor frío por todo el cuerpo. ¡Acabo de pedir a las chicas que lo vociferen a los cuatro vientos! El agente debe de intuir lo que estoy pensando por mi cara apesadumbrada, porque dice antes de que llegue a contestarle:

—No se preocupe, es normal que en lugares tan pequeños como este las noticias vuelen como el viento.

—Pero ¿es bueno o es malo que se sepa? Es que… — no me da tiempo a acabar la frase, ya que dice:

—No se preocupe, ha hecho bien en traernos el anillo. Esperemos que sirva para esclarecer este caso.

Después de algunas preguntas rutinarias como mi nombre, dirección, teléfono, etc., «porque podríamos tener que contactar con usted y su marido para que nos señalaran el lugar exacto donde encontraron el objeto», me acompaña uno de ellos hacia la puerta. Laia y yo volvemos a casa.

Voy repasando en mi mente lo dicho y lo que me han preguntado para que no se me olvide ningún dato a la hora de contarle todo a Jorge. Seguro que está enfadado y preguntándose por qué hemos salido de casa después del largo viaje que hemos hecho y dónde diablos estamos metidas a estas horas en las que ya empieza a oscurecer.

21

Se encogió de hombros. Desentumeció muy despacio las articulaciones de sus doloridas extremidades. ¡Tan solo llevaba quince minutos sentado en aquella silla de oficina! Siempre le había resultado tan cómoda… Le daba rabia sufrir. ¡Era tan injusto! Su mirada vagó huera por la ventana del ordenador. Movió la cabeza hacia la derecha y, por la iluminación que había a aquella hora en su despacho, se vio reflejado en el cristal de la foto familiar. Apenas era un bosquejo, una sombra levemente aclarada, pero pudo reconocerse y constatar cierto grado de locura en sus ojos. No podía sostener durante mucho tiempo su propia mirada y tampoco prestar atención a la pantalla. Empezó a auscultarse con la misma celeridad con la que un especialista, un loquero, miraría su interior. Se vio a sí mismo como esperando algo, aunque no pudo discernir el qué.

Minutos antes estaba angustiado; ahora albergaba una paz extraña. Los brazos y las piernas se le estaban enfriando. ¿Acabarían congelándose como los de Frida en la morgue? Podía frotarse los muslos para hacerlos entrar en calor, pero ya lo había intentado en otras ocasiones en vano. Con suma concentración intentó insuflarse cierta energía calórica, pero desistió con rapidez porque creyó escuchar, otra vez, la risa amortiguada procedente de la enfermedad que le corroía por dentro. Aguzó el oído. La podía distinguir con total claridad, burlona y escurridiza.

¿Cómo podía ser tan «humana» la enfermedad? ¿Cómo podía burlarse de él de aquella manera? Sintió curiosidad y unos terribles deseos de cortarse la piel con el afilado abrecartas de plata guardado en uno de los cajones de la maciza y sobria mesa de escritorio, para sacarse a tirones el ente infernal que lo estaba consumiendo. Recordó frases pronunciadas por Peter Kürter, el vampiro de Düsseldorf: *«Después de que mi cabeza se haya desprendido del cuerpo, ¿podré oír, ni que sea un instante, el sonido de mi propia sangre cuando brote de mi cuello?*

Sería el mayor placer para terminar todos los placeres». No podía hacerlo. No abriría el cajón. Todavía no.

Escuchó unos pasos quedos que se acercaban a la puerta del despacho. Volvió a aguzar el oído. Había alguien intentando espiarle. ¿Quién sería el osado que haría algo así? ¿No estaban lo suficientemente amedrentados? En otros tiempos se habría levantado y habría pillado in fraganti al vil merodeador, pero ahora, solo de pensar en el esfuerzo que tendría que realizar para llevar a buen puerto dicha empresa...

¿Cómo era posible que sus fuerzas y la sincronía de sus extremidades hubiesen mermado tanto en el último par de semanas? ¡Si fue capaz de luchar con Satanás y destruirlo!

Con toda seguridad el merodeador sería alguno de los niños, tal vez su esposa o algún familiar de los que en los últimos tiempos deambulaban por la casa.

Cerró los ojos con el presentimiento de que le costaría muchísimo volver a abrirlos. La oscuridad le pareció tan brillante que sintió como flotaba en una de las nebulosas que forman el universo. Una sombra empezó a molestar su utópica placidez. Se contoneaba y bailoteaba por delante de sus perezosos párpados cerrados. Se esfumaba por la izquierda y volvía a aparecer por la derecha. Se marchaba por arriba y reaparecía por abajo. Era astuta, la muy perra. Estaba jugando con él. La maldita enfermedad se divertía a su costa, igual que lo hizo en su momento Frida.

Frunció el entrecejo cuando un dolor intensísimo le atravesó el pecho haciendo que uno de los brazos golpeara de forma reiterada sus muslos, la madera de la mesa y el reposabrazos del sillón. Perdió también el control de la pierna derecha y acabó desplazando la silla de escritorio hacia la pared. Continuó con los ojos cerrados y elevó una plegaria al Todopoderoso para que las hiciera parar, para que pusiera freno a las convulsiones con las que le castigaba la maldita enfermedad.

El brote fue remitiendo poco a poco, pero en esta ocasión había tardado más que otras veces. Empezó a calmarse, a respirar con la boca abierta cual pez que da sus últimas bocanadas fuera del agua. No entendía por qué cuando le venía un ataque su cuerpo reaccionaba apretando los dientes y sellando sus labios. Era como si el ente quisiera que no entrase ni una molécula de oxígeno en su cuerpo.

Con cada nuevo brote, notaba que se le iba debilitando el corazón. Empezó a tiritar.

Siguió con los ojos cerrados aun siendo consciente de que alguien acababa de entrar en su despacho. Pensó en gritar que se largará de allí, pero eso hubiese sido un error. Los pasos se acercaban cautelosos y él prefirió dejar que aquel intruso pensara que dormía. Unos cuantos pasos más y, quienquiera que fuese, se detuvo. Supo que cambiaba de rumbo, que daba media vuelta y volvía a salir de la habitación. Escuchó como cerraba con suavidad la puerta. Un subidón de adrenalina le sirvió de advertencia; empezó a notar que la sangre fluía acelerada por sus venas. Intentó que salieran de su garganta unas simples palabras: «¡Quédate, por favor! ¡No me dejes solo con ellas!». ¿Ellas? Sí, ellas: la de los ojos marrones, que lo estaba esperando en el más allá, y la de los ojos negros como la pez, que blandía la guadaña sobre su cabeza mientras lo pudría en vida.

¿Se había quedado inconsciente durante unos instantes? ¿Se había dormido? ¿Se había quedado parapléjico? No. Tenía que ir poco a poco. Él siempre había sido muy paciente y ahora tocaba ser estoico. Intentaría moverse. Primero abriría los ojos. ¡Ya había anochecido! ¿Cuánto tiempo llevaba en aquel estado de letargo? ¿Qué importaba? Era plenamente consciente de que las ausencias cada vez eran mayores y que se agravarían de una forma bestial en los próximos días. No podía esperar mucho más. No dejó que las náuseas que estaba sintiendo se materializasen. Si tenía que tragarse su propio vómito lo haría, por lo menos hasta que llegara el momento de acabar con su vida.

Sintió cómo se le erizaba el vello de los brazos cuando se imaginó, por un momento, como un vegetal al que manipulaban y zarandeaban de un lado para otro. Asqueado con esa terrorífica visión, se frotó las manos una y otra vez en la pernera del pantalón. Luego se obligó a ponerse de pie. No había llegado el momento, no podía rendirse. Fue titánico el esfuerzo que tuvo que hacer para conseguir alzarse, aun apoyándose en la sólida mesa.

Volvieron las náuseas y esta vez no pudo retenerlas. Salió de su cuerpo un chorro de vómito que —¡ironía!— le recordó al artefacto que cada año traen a Lepe por Navidad para recrear la nieve. Chorros de *nieve artificial que hacen las delicias de los mocosos y de sus arrebolados padres. Se alejó de la mesa. Pegó la espalda en la pared. Comenzó a llorar. Poco a poco se fue escurriendo pared abajo. Antes de perder la consciencia, notó que se le aflojaba la vejiga y se orinaba encima.*

22

Han pasado cuatro días y estamos desbordados por las novedades. La primera, y la más maravillosa, es que… ¡Fátima está sana y salva! ¡Ha dado señales de vida! ¡Hurra! La muy… Creo que cuando la vea la voy a insultar y a abrazar a la vez. La insultaré por haber desaparecido sin dejar rastro y porque, por su culpa, hemos tenido todos «los huevos por corbata». Después de lo de Frida, nos imaginábamos lo peor.

Al parecer, no se le ocurrió otra cosa que ir de Agatha Christie, desaparecer como esta hizo en su momento y dejarle un buen marrón a Christian. La abismal diferencia entre ambas es que la escritora abandonó a su marido porque este le era infiel y quería vengarse de él, mientras que Fátima ha invertido los roles por completo. Ella ha sido la infiel y se largó huyendo de la posible venganza de Christian.

Agatha Christie se marchó del hogar familiar tras enterarse de que su marido quería el divorcio, porque estaba enamorado de otra mujer. Se puso al volante de su coche, condujo sin rumbo y lo acabó abandonando en una pequeña aldea, en el borde de un estanque. En un bosque circundante se encontraron algunas de sus prendas personales y la prensa de la época tuvo un verdadero filón gracias a la desaparición de «la reina del crimen». Su esposo se convirtió en el principal sospechoso de su desaparición. Se hicieron minuciosas batidas de la zona donde se encontró el coche e, incluso, drenaron las aguas de una laguna cercana.

En el libro *Las damas de oriente: Grandes viajeras por los países árabes* de Ana Morato se explica cómo vivió estos momentos tan dramáticos Agatha Christie: «Mientras todos la buscaban y muchos la daban por muerta, la escritora descansaba plácidamente en un elegante balneario (…). Se había inscrito con un nombre falso (…). Al parecer, fue un músico de la orquesta quien reconoció en el salón a la famosa novelista, que hacía una vida totalmente normal: jugaba al *bridge* con otros huéspedes, rellenaba crucigramas y no le faltaba el apetito (…).

El 14 de diciembre Archie Christie fue en busca de su esposa. La escritora, algo desconcertada por el revuelo que había a su alrededor, parecía no reconocer a su esposo y tampoco recordaba nada de lo ocurrido en aquella semana y media en la que asumió la personalidad de otra mujer».

A saber, puede que todo fuera una patraña que se inventó la escritora para vengarse del capullo del marido. Sin duda «una situación muy novelesca», como dice Ana Morato.

Algo parecido es lo que se le ocurrió hacer a la «lumbrera» de Fátima. Desaparecer por un tiempo. Y, ¿cómo lo hizo? Pues con la ayuda de una amiga de El Rompido, que está como una cabra. Lola Hernández fue su cómplice, una chica casquivana que no tiene dos dedos de frente y que vive en «Los mundos de Yupi».

Lola siguió a Fátima hasta Huelva en su coche. Fátima dejó estacionado su vehículo en el *parking* de Las Monjas y se subió al de su amiga a toda prisa. Ambas pusieron tierra de por medio rumbo a Algeciras, a lo *Thelma & Louise*. Allí compraron un billete para Tánger y se despidieron llorando a lágrima viva y jurándose amistad eterna. Lola rehízo el camino de vuelta hacia Huelva, aunque se quedó un par de días en Sevilla para disimular, y Fátima se embarcó, ligera de equipaje, pero con una llave en el bolso que la ayudaría en su empeño de desaparecer una temporada. La llave que le abrió la puerta pintada de azul de una pequeña casita situada en el bello pueblo marroquí de Larache. ¿Quién era el propietario de esa casita? Pues nada más y nada menos que su queridísima secuaz, Lola Hernández.

Y, ¿qué hizo Fátima durante el tiempo que permaneció en Larache mientras aquí en España todo el mundo la buscaba con desesperación?

En primer lugar, camuflarse tras una bonita chilaba que se compró al llegar a Tánger. Después, tomar un taxi que la llevó al «"refugio" ideal para llorar lágrimas amargas», como va diciendo por ahí. O, lo que es lo mismo y hablando en cristiano: a la casita de Larache. Más tarde se puso en contacto con una autóctona de confianza que Lola le recomendó para que le hiciese la comida y los quehaceres del hogar, no fuera a ser que se rompiera una de sus preciosas uñas de princesa árabe, nunca mejor dicho. Es que cada vez que pienso en lo mal que lo hemos pasado todos pensando en su suerte —sus hijos, familiares, Christian y toda la gente que la conocíamos...—, y ella viviendo *la dolce vita*.

Estoy tan cabreada que en vez de hacer las camas parece que me esté batiendo en una batalla campal con ellas, pero ¡es que me da tanta rabia cómo se ha conducido Fátima! Su forma de actuar ha sido de lo más cobarde y ahora vuelve al pueblo haciendo mohines y como si no hubiera pasado nada. No se debe juzgar, no se debe juzgar..., me repito como un mantra. Ufffff, ahora mismo no puedo aplicarme esta máxima.

Lourdes me ha contado que Fátima, a su vez, le ha contado que en Larache se dedicaba a degustar las exquisiteces que elaboraba su «chica para todo» y a pasear por los rincones más bonitos del pueblo: el Jardín de las Hespérides, las arquerías, la antigua Plaza de España (hoy llamada Plaza de la Libertad), el barrio de la Alcazaba, etc. ¡Pues no va y engorda casi cinco kilos! Claro, como allí no se podía poner las minicalzonas y sus tops deportivos de diseño e irse a un gimnasio a sudar la gota gorda... (nunca mejor dicho). ¡Joder!, qué mosqueo tengo. Pues si yo me siento así..., ¿cómo estarán sus cuñados, Bella Aranda y Enrique Vázquez? O, peor aún, ¿cómo estará Christian?

De todas formas, menos mal que ha aparecido, de lo contrario a este último lo hubieran acabado metiendo en la cárcel, pues ya no solo se le acusaba de la desaparición y posible muerte de su mujer, sino que no se descartaba que, incluso, pudiera ser el asesino de Frida. Rumores infundados mezclaban las dos desapariciones, «tanto monta, monta tanto». Una pesadilla es lo que deben de haber vivido los Barroso, y todo por culpa de esta inmadura.

Fátima me recuerda mucho a uno de los personajes de la película *La gran belleza* del director Paolo Sorrentino: aquella señora que en una de las escenas se vanagloria de ser una gran intelectual, una abnegada madre, una perfecta profesional y una fantástica amante y esposa. Magnífico el varapalo que el personaje principal, Jep Gambardella, le da con una parrafada en la que le desmonta su mentirosa e imaginaria vida perfecta.

No juzgues, no juzgues… ¡Mierda! Si al final todos los individuos del «bestiario humano» somos iguales: comemos, amamos, defecamos, juzgamos, hacemos el bien o el mal… TODOS.

Lo importante es que no le ha ocurrido nada a Fátima. En el fondo, aunque su comportamiento haya sido muy egoísta, este episodio acabará olvidándose con el tiempo, igual que los ríos desbordados en época de lluvia acaban volviendo, mansos y apesadumbrados, a sus cauces.

Es poco probable que Christian quiera seguir con su esposa, no creo que el amor que siente por ella consiga superar esta terrible prueba. Ese amor se ha debido de contaminar, irremediablemente, por la humillación, la traición e, incluso, por todas las emociones que lo deben de haber desgarrado por dentro y que lo deben de haber dejado exhausto y noqueado.

Jorge y Laia han ido al supermercado a realizar la compra de la semana. Yo deambulo por casa como una gata encerrada en un receptáculo minúsculo. Me invade la sensación de no querer estar aquí, pero tampoco quiero ir a ningún sitio donde pueda encontrarme a Christian, a Fátima o a José. Pensar en ellos hace que cientos de tesis absurdas se atropellen en mi mente; que asomen a mi cabeza *flashes* de momentos que mi familia ha compartido con todos ellos; que sufra cierta zozobra por la certidumbre de que tenemos ante nuestras narices evidencias clarificadoras del asesinato de Frida, pero que no somos capaces de discernirlas por nuestra ineptitud a la hora de reconocer señales comunitarias y por nuestra cómoda adaptación a la vida burguesa que llevamos.

Por un lado, quiero salir a la calle para desfogar mi malsana impotencia y, por otro, estar a solas para ordenar mis caóticos pensamientos.

Estoy furiosa conmigo misma y con la humanidad en general, hasta el punto de sentir mareos. Tengo que dejar de moverme sin ton ni son. Bajo como puedo a la planta de abajo, agarrándome con fuerza al pasamanos de hierro por temor a caer por las escaleras. Me noto algo desorientada, torpe y que me voy empapando de sudor. Consigo llegar al sofá y me tiendo. Al final, dejo de escuchar los murmullos desconcertantes que pululaban, como Pedro por su casa, por mi mente y entro en cierta duermevela febril.

Con los ojos cerrados, imagino que soy Frida y que voy corriendo por uno de los senderos del paraje del río Piedras. Algo o alguien me golpea en un costado al chocar contra mí. Me tambaleo. Intento afianzar las piernas para no caerme. Ironías de la vida, lo que me ha desequilibrado consigue equilibrarme cuando me hace girar lo necesario para situarse a mi espalda y me empuja hacia atrás apresándome el cuello con lo que intuyo es un brazo. El agresor me golpea la cabeza con algo contundente y con la fuerza necesaria para anular la voluntad de desasirme que creía que no tenía mi flacucho cuerpo. Hago unos ridículos aspavientos, pero los únicos resultados que noto son el pelo en los ojos y que cuanto más me resisto, menos oxígeno entra en mis pulmones, que se acrecienta la presión en mi garganta. Sonrío. ¿Tan patética soy que sonrío mientras me están asfixiando? Desvarío. Soy consciente de que no estoy dormida del todo y también de que, en mi duermevela, estoy recreando la agresión a Frida; aun así, es tan terrorífico sentirla… que me invade una delectación absoluta al notar la frialdad de la hoja de un objeto afilado en el cuello que… Abro desorbitadamente los ojos y con el corazón a cien me llevo la mano derecha a la garganta. Noto las palpitaciones de las arterias en el cuello y sigo conmocionada unos minutos, que se me antojan horas por el estado de excitación mental en que me encuentro. Poco a poco, voy controlando la respiración y miro, algo desconcertada, a mi alrededor. Estoy en casa, segura tras las paredes de mi hogar, no hay ningún cuerpo agresor en este oasis protector que rezuma invulnerabilidad y solidez. Entonces, ¿por qué me he montado este tinglado en la cabeza? Desde luego, la extrema sensibilidad y la empatía que demuestro hacia los demás me van a costar ir, un día de estos, a un loquero.

Analizando lo ocurrido, me tranquilizo al diagnosticar que este ataque de identificación con Frida lo ha provocado el hecho de que se haya dado a conocer esta mañana, por fin, su autopsia. A Frida le dieron nueve puñaladas en la parte posterior de la cabeza y en la parte alta de la espalda. Se ensañaron con ella de una forma brutal. Utilizaron un cuchillo de caza de diez a quince centímetros de hoja y uno de ancho. Han concluido que una cuchillada en el costado derecho fue la primera y fue mortal. Lo que hace pensar que la asaltaron por la espalda, que la inmovilizaron cogiéndola por el cuello y que el asesino la atrajo hacia él inclinando el cuerpo de ella hacia la izquierda para poder introducirle con certeza el cuchillo en un órgano vital. Han comentado que la autopsia no ha sido complicada y que, gracias a ella, se ha podido esclarecer con bastante fiabilidad lo ocurrido. Los agentes de la Guardia Civil encontraron el cuerpo de Frida totalmente vestido y el forense ha estimado que no hay vestigios de agresión sexual. El cadáver presentaba varias contusiones en el brazo izquierdo y en el cuello. En cuanto a la hora del fallecimiento, el forense ha dictaminado entre las cinco y las ocho de la madrugada del veinte de mayo. Y lo más terrible de todo es que nuestra querida amiga se encontraba embarazada de casi tres meses.

La policía judicial ha abierto una nueva línea de investigación al conocerse lo del embarazo de Frida. Por Dios, si no podía quedarse embarazada y, cuando al fin lo consigue… ¿Cómo va a poder asimilar este dato José? Porque otro misterio añadido al cruel asesinato es el de la paternidad del feto. Los agentes que se encargan de investigar el caso han pedido la participación ciudadana a los varones del pueblo; necesitan que se presten a cotejar su ADN con el de la criatura que llevaba en sus entrañas nuestra amiga. Me ha explicado mi vecina médica, Sofía, que el forense ha debido coger una muestra de la placenta o del líquido amniótico que protegía al feto para analizarla, y que así han comprobado que el ADN de ese nonato no es el mismo que el de José.

Llamé a Rocío para ver cómo se encontraba su hermano y, aunque al principio le costó hablar, al final pudo contarme que, cuando los agentes le dieron la noticia a «su José», este se quedó con la mirada clavada en un punto imaginario de la pared que tenía enfrente, como cuando en alta mar se quedaba con la mente en blanco oteando el horizonte. No pudo articular ni una palabra en minutos. Los investigadores lo dejaron estar hasta que notaron que un hilillo de sangre le corría por la barbilla y corrieron a sujetarlo y a abrirle la boca porque sospecharon que se estaba autolesionando. Así era; se estaba mordiendo la lengua y de ahí la sangre. Las palabras de los allí presentes y su buen hacer a la hora de intentar sacar a José del estado catatónico en el que se encontraba lograron que parpadeara y se humedeciera los labios ensangrentados con la punta de la lengua.

Con diligencia, llamaron al ambulatorio de El Rompido para que acudiera un médico a atender a José pues, aunque parecía que ya había pasado lo peor y el corte que se había hecho en la lengua no era grave, había comenzado a tiritar con un temblor continuo, como si hubieran echado una moneda en una máquina tragaperras y esta centelleara sin parar buscando alinear los objetos necesarios para ganar el premio prometido. En el caso del marinero, el temblor no cesó hasta que no le inyectaron un calmante. De nada sirvió la manta que le echaron por encima de los hombros mientras esperaban a que la doctora llegara con el tranquilizante. Esta lo examinó con celeridad y le aplicó la inyección a la vez que le susurraba palabras tranquilizadoras. Nadie podrá saber nunca si José llegó a escucharlas y, mucho menos, a entenderlas.

Los agentes judiciales dejaron descansar a José durante unas horas, esperaron a que se recuperara del *shock* sufrido, tumbado en la cama de su antigua habitación, en la casa de sus padres. Pero, pasado un tiempo prudencial, más o menos el señalado por la doctora, entraron a la habitación a tomarle declaración. Esta vez todo transcurrió con normalidad: José colaboró, habló y pudo explicarles todo lo que le inquirían. Escucharon con atención el periplo que Frida y él habían pasado con los tratamientos de fertilidad y el deseo tan fuerte que tenía su mujer de ser madre.

Rocío Barroso observaba y seguía, apoyada en la pared de enfrente de la habitación donde se encontraban los agentes y José, todos los gestos que hacía y las palabras que pronunciaba, porque la puerta estaba entreabierta.

José se incorporó y se sentó en la cama para hablar. Mientras contestaba a todo lo que le preguntaban los investigadores, miraba al suelo. Estos lo escuchaban con atención sin quitarle los ojos de encima, y dos de ellos, pues eran tres los hombres que estaban con él, tomaban notas en unas libretas pequeñas con bolígrafos Bic.

Finalizado el interrogatorio, que duró unos veinte minutos, los agentes salieron y se despidieron de los Barroso, que esperaban haciendo piña, expectantes, en el salón de la casa paterna. Antes de marcharse, aconsejaron e instaron a los familiares allí reunidos a que no dejaran ni un minuto solo a su pariente, pues podría volver a autolesionarse o algo peor, como intentar suicidarse.

José, al quedarse solo, comenzó a sollozar. Sus familiares trataron de entrar en tropel a la habitación para estar con él e intentar paliar ese llanto, pero Rocío los paró a tiempo y los convenció de que lo mejor era que se quedaran fuera y que se turnaran para entrar, que debían intentar no soliviantarlo y que era necesario que José desechara toda la rabia o el dolor que sentía a través de las lágrimas.

<h1 style="text-align:center">23</h1>

Pasan los días, las semanas y la monotonía se va asentando otra vez en el pueblo. Acontecimientos como el final del curso lectivo nos distraen de los últimos y aciagos sucesos. La cantidad de trabajo que tenemos que realizar en estas fechas nos devuelve al mundo real. Los alumnos están muy nerviosos y expectantes por la evaluación ordinaria de junio y por saber las calificaciones finales que han obtenido en las diferentes materias.

La excitación de última hora puede hacer perder los papeles tanto a alumnos como a padres o a profesores, pero, en cuestión de días, las aguas acaban volviendo a su cauce natural.

La emotividad que subyace a toda graduación, ya sea la de cuarto de Enseñanza Secundaria Obligatoria, la de segundo de Bachillerato (en el instituto donde trabajo) o la de nuestros hijos, en los diferentes niveles de Infantil y Primaria en el colegio Virgen del Carmen de El Rompido, es tan increíble que, por momentos, somos capaces de olvidar la pesadilla de la que hemos sido partícipes.

Pasamos del ritmo frenético de días intensos al bajón anímico y mental que nos traen las vacaciones estivales.

Ana Linares propone, a través del recurrido WhatsApp, una escapada multitudinaria a la otra banda. El tiempo acompaña y creo que no estaría mal un bautismo sanador y purificador en el mar. Espero que este se lleve toda la «mierda» que hemos ido acumulando a lo largo del año. No es mala idea que crucemos en grupo, pues todavía no se sabe quién o quiénes pudieron cometer el asesinato de Frida y da cierto «yuyu» ir para allá sin compañía. Este año apenas se están viendo turistas por el pueblo, aunque los hoteles llevan abiertos unas semanas.

Antes, el hecho de cruzar solo a la flecha de El Rompido era tan normal como el respirar, pero ahora…

Voy a comprobar los últimos wasaps que me han llegado; tengo que saber en qué barco pasaremos Jorge, Laia y yo. Por lo que leo en el grupo que Ana ha creado, «Crucemos a la otra banda», van las siguientes familias: Ana y Antonio; Bella Aranda y Enrique Vázquez, que se llevará a los hijos de su hermano Christian; Lourdes y César; Felicidad de la Rosa y Renato. Estas otras están dudando si ir o no ir por motivos diversos: María Montes y Jesús Guijarro, Luna Bernáldez y Ernesto Palma y mi vecina Sofía con su hija Dalia.

Bueno, pues tenemos unos cuantos barcos para elegir y que nos pasen a la otra banda: el de Antonio, el de Enrique, el de Renato, el de Jesús y el de Ernesto.

Enrique descartado, porque lleva a sus sobrinos. Renato también, porque van con ellos Lourdes, César y la caterva de niños que juntan. Así que Sofía, Dalia y nosotros tendremos que pedírselo a Antonio, Jesús o Ernesto. ¡Los dos últimos están dudosos! A las malas, siempre podemos cruzar con el transbordador Flecha Mar, que ya lleva funcionando unas semanas.

Yo: *«¿Hay sitio en alguno de vuestros barcos para Sofía, Dalia, Jorge, Laia y yo?».*

Ana Linares: *«Podéis embarcaros con nosotros; por ahora, solo vamos los cinco, aunque estoy intentando convencer a Rocío Barroso de que crucen ellos también. Si se deciden en el último momento…, como les he ofrecido primero el barco a ellos…».*

Yo: *«No te preocupes, Ana. ¡Ojalá se decidan!».*

Luna: *«Estamos pendientes de unas pruebas que le están haciendo a Ernesto. No os preocupéis, al parecer no es nada, pero como es tan hipocondríaco... No hace más que marear a distintos especialistas. Según él "tiene algo", porque se encuentra de bajón».*

Lo de Ernesto es una verdadera tortura china para Luna, ya que su marido siempre cree que su cuerpo está incubando algo. Ve por doquier signos de que padece o está a punto de padecer alguna enfermedad grave. El augurio catastrófico de esos signos corporales por parte de Ernesto ha llevado a los diferentes doctores que lo han tratado a un diagnóstico muy claro: padece trastorno hipocondríaco. Menos mal que Luna y los niños no se han contagiado de su angustia vital..., porque Luna en esa parcela es intransigente y le ha dicho a su marido que puede aguantar su paranoia si a ella y a los niños los mantiene alejados de ese tema, que no quiere ni oír hablar de enfermedades delante de los niños y que, si no es capaz de controlarse, ya puede coger la puerta y largarse de casa. Si no fuera por lo de la hipocondría el matrimonio de Luna y Ernesto sería perfecto, pues derrochan amor y complicidad a raudales. Sin embargo, eso no quita que él la martillee una y otra vez, cuando están a solas, con su miedo desmedido a la muerte, al dolor, al sufrimiento o a la debilidad, o que pida citas continuas para un especialista u otro.

Ana Linares: *«A ver si esta vez va a ser algo...».*

Luna: *«Ja, ja, ja, alguna vez sí que será verdad. Le pasará como a Pedro con el lobo».*

Yo: *«Pues edad ya vamos teniendo para ello».*

Me ha dado coraje haber mandado este mensaje, porque esas son las típicas frases que Jorge me suelta de vez en cuando y, al parecer, aunque yo no quiera, me van calando. Mira que soltar eso de la edad...

María Montes: *«Al final he podido convencer a Jesús de cruzar con vosotros a la otra banda. Lleva unos meses pachucho, pero, hace unos días, le recetaron una medicación que parece que le está sentando muy bien y creo que le ayudará a mejorar el ánimo coger el barco y echar unas horitas en la flecha».*

María Montes: *«Ayla, os podéis venir con nosotros, pero a la vuelta no os podemos traer, porque estaremos solo un ratito. No nos vamos a quedar a comer allí ni nada. Jesús ha accedido a ir con esa condición».*

Yo: *«Gracias, María, pues nos vamos con vosotros si no os importa. ¡Ah! Y no pasa nada si en el último momento lo pensáis y no vais. Ya nos arreglaríamos para cruzar de una forma o de otra. También está el transbordador».*

Ana Linares: *«¡Sí, hombre! Con todos los barcos que tenemos… Estaría bueno que pagarais para pasar a la otra banda».*

No quiero ser mal pensada… ¿Me está restregando que nosotros no tenemos barco o está siendo amable? Soy yo, seguro. La verdad es que Ana es una persona superdesprendida y que siempre está ahí cuando se la necesita, aunque tenga sus cosas.

Como la logística está más o menos resuelta, Ana decide que el mejor día para cruzar es el sábado veintiocho de junio, ya que es el último sábado del mes y, unos antes y otros después, casi todo el mundo desaparece del pueblo por turnos en julio y agosto.

La idiosincrasia de las parejas que formamos este compacto grupo social de El Rompido se desperdiga por la geografía española en época de vacaciones, ya sea para ir a visitar a parientes o para reencontrarse con sus lugares de origen. En fin, que las vacaciones están a la vuelta de la esquina y que, unos y otros, según nuestros intereses o nuestra economía, tomaremos un rumbo u otro.

Este año, Jorge y yo hemos decidido hacer un crucero por el Mediterráneo. La mitad de los amigos nos ha dicho que estamos locos, que eso es de abueletes del Imserso. En cambio, los que han disfrutado de algún crucero aplauden nuestro viaje, nos dicen que para Laia va a ser el viaje de su vida, porque hay cantidad de actividades programadas para los niños en los barcos. La verdad es que pinta muy bien: Estambul, Miconos, Santorini, Argostoli, Dubrovnik y Venecia.

24

Filicidio, *práctica de matar a los hijos. En los inicios de la República Romana era potestad del padre de familia, quien legalmente era el amo de su familia y podía «vender, matar, ofrecer a los dioses, subordinar a cualquier ocupación y devorar a los hijos». Plinio* el Viejo *refiere que los sacrificios humanos fueron abolidos por decreto senatorial en el año 97 a. C., considerándolos una «práctica bárbara» en lo venidero.*

Filicidio. Sí, lo hice y lo volvería a hacer. Por ellos, por estos niños que están correteando por la arena y que gritan cuando se salpican con el agua del mar. Estos son mis hijos, los naturales, los que tienen derecho a llevar mis apellidos, no el otro…, el bastardo, el nonato.

La tormenta ha pasado y nadie ha venido a molestarme durante el tiempo en el que no se habló de otra cosa que de la muerte de Frida. Ni siquiera me presenté, como los demás gilipollas del pueblo, ante las autoridades pertinentes para que me extrajeran una muestra del cuerpo con la que contrastar mi ADN con el del feto de la ejecutada.

Se había mantenido como roca pertinaz que sigue inalterable tras el embate de una ola. Sin embargo, había sufrido mucho durante todo este tiempo, tanto física como psicológicamente, por la enfermedad. La enfermedad de Huntington, ese trastorno genético hereditario del que adolecía. El especialista le explicó, cuando se la diagnosticaron, lo que significaba: «Debe conocer que la herencia de esta enfermedad es dominante con un cincuenta por ciento de posibilidades, y la impronta genética proviene de la línea germinal paterna. El defecto genético se encuentra en el cromosoma cuatro. Afecta a una proteína llamada Huntington. Las proteínas interactúan entre sí provocando daños en el cerebro. Los síntomas le han aparecido tarde, a los cuarenta y dos años, pero la degeneración neuronal está siendo muy rápida. No le voy a ocultar, pues he podido comprobar que su inteligencia supera a la de la mayoría de mis pacientes, que muchos de los enfermos que he tratado y que la padecían se han sentido tan desamparados por esta degeneración neuronal constante e intermitente que han acabado suicidándose. Espero que el estoicismo que está usted demostrando no le lleve a hacer semejante tontería. Su familia tiene que ser el pilar donde sustentarse para no flaquear en los momentos difíciles que están por llegar. Su muerte es irremediable, no lo voy a engañar, pero no por eso tiene que desesperarse. Todos, tarde o temprano, seguimos el mismo camino. ¡Hasta nosotros los médicos!».

Le pregunté si era cierto que la enfermedad de Huntington iba asociada a la demencia. Me contestó que, en un alto porcentaje de casos, sí, pero que no tenía por qué ocurrirme a mí. Aquí se equivocó… ¡No, no se equivocó! La culpa es de ella: Frida me ha vuelto loco.

¡Ella fue el detonante!

¡Ella fue la culpable de todo!

¡Cálmate! Cuando te enajenas, se te notan esos síntomas tan vergonzosos: los movimientos exagerados de las extremidades, las muecas repentinas, las pausas prolongadas en el habla, las dificultades al tragar o al no poder controlar los miembros, que se quedan en posiciones raras y dolorosas durante largos periodos de tiempo.

Le diré a mi mujer que voy a dar un paseo por la orilla del mar, en soledad, y espero que no insista en acompañarme.

Hoy, aparte de nuestro grupo, no se ve un alma en la otra banda.

Por una vez se ha comportado. Imagino que porque le he cantado las cuarenta antes de salir de casa. No era para menos; la muy corta de miras llevaba días importunándome con cruzar en barco a la flecha de El Rompido. ¡Malditas las ganas que tengo de estar con todos estos! En el último momento decidí venir, cuando me di cuenta, con una clarividencia aterradora, de que sería la forma más adecuada de poner el broche final a mi existencia. Su Alamud los cruzaría a la otra banda y, desde allí, teniendo como únicos testigos a las gaviotas, partiría hacia el más allá.

No abandonaba a su familia a la deriva, había dejado todos los nudos atados y bien atados. Sus negocios habían quedado en buenas manos, las de profesionales competentes que amaban, tanto como él, la belleza. Su mujer no podría echar mano libremente del dinero que tanto trabajo le había costado ganar. La incapacidad e incultura de esta no malograría el futuro bienestar de sus hijos.

Era sorprendente cómo, cada día que pasaba, se le iban difuminando los recuerdos de la ejecución. Ya no se acordaba con exactitud de lo sucedido, pero en su memoria guardaba un ligero mosaico de imágenes que iban y venían. Entre ellas, la de la rabia con la que sujetaba el cuchillo y cómo este cobraba vida propia a la hora hundirse, una y otra vez, en el cuerpo de Frida. Si la gente no se empeñara en hablar en todo momento del tema, creería que solo había sido un sueño. ¡Imbéciles! Hasta en este paradisiaco lugar siguen con lo mismo. Me dan ganas de vomitar.

¿Habría sido una puta alucinación?

Tenía que estar seguro, porque no podía poner fin a su vida si esa zorra seguía viva. Sí, sí, sí…, estaba muerta y bien muerta. Hasta enterrada. Recuerda con vaguedad su asistencia al funeral que se celebró en la iglesia de El Rompido, cómo le dio el pésame al cabrón de su marido. Era patético verlo tan compungido en los responsos de la furcia de su mujer, cuando esta se había burlado de él hasta el extremo de llevar en sus entrañas al hijo de otro.

La mofa hubiese ido más allá si todo hubiese salido bien, pero la enfermedad… Se vio obligado a actuar.

El plan original era que ese engendro naciera y fuera criado por el cuclillo en la ignorancia del delito.

Tentado estuve de contárselo todo, seguro que habría aplaudido mi buen hacer. ¡Quia! Los débiles son tan calzonazos que puede que la hubiera perdonado.

¿Por qué se le fue la cabeza? ¡Tengo dos hijos sanos! Puede que el otro también lo hubiera sido. Son sanos ahora, en el futuro…

No atendió a razones, decidió airear nuestro trato: «Accedo a acostarme contigo, porque quiero quedarme embarazada y con José… Con él no puedo concebir». «Debes jurar que lo nuestro acabará cuando yo decida que ha terminado». «Si me quedo embarazada, jamás dirás que el hijo es tuyo. ¡Júralo! Si incumples tu promesa…, te mataré».

¿¡Quién ha matado a quién, puta!?

Estaba loca. Primero, ¡quiso gritar a los cuatro vientos lo del embarazo! Después, ¡quiso abortar! Más tarde, dejo de interesarle el hijo que llevaba en las entrañas, ¡decidió no guardar el secreto! Quería destruirse ella y arrastrarnos a todos al fango. No pudo o no quiso aceptar que el feto, ese bebé que tanto había deseado, se lo acabara arrebatando una enfermedad.

¡Loca, perturbada, inmundicia!

La diosa quería que todo lo que rodeaba su vida fuera perfecto, porque ella se creía perfecta, así que no pudo aceptar la posibilidad de que su creación tuviera alguna tara y, lo que creyó un milagro, un regalo divino, se convirtió en un lastre que le impedía caminar con soltura por la pasarela de su artificiosa vida.

Cuando me eligió, brillé como nunca. Ser el seleccionado entre toda la fauna de El Rompido me hizo encumbrarme como el macho dominante del pueblo, a la vez que fue mi declive como ser racional.

Iba a contárselo todo a su querido pelele, a su pequeño mono de feria, a esa marioneta que no tiene ni suficiente sangre en las venas ni bastante cantidad de semen en la polla.

Seguro que él la hubiera perdonado, me habrían echado toda la culpa. Pues, ¡joderos! ¡Nadie se ha reído de mí! Ella es un fiambre y el otro... Por lo que se cuenta, está envenenándose con las lágrimas que vierte, como una flor a la que han abandonado a orillas del mar y que solo absorbe el agua que le llega por las salpicaduras de las gotas saladas de las olas.

Me siento grácil, extrañamente despreocupado. ¡No temo morir! La muerte se me antoja más dulce que el negro vacío que me he visto obligado a tolerar en los últimos meses.

Con esa extraña e iluminada reflexión, deja de andar y mira a su alrededor. Había caminado mucho y no se veía ni un alma por más que oteaba a derecha y a izquierda. Nadie, salvo él, había profanado con sus pisadas aquella arena. No vislumbraba ni el más leve vestigio de una sombrilla en la lejanía. Había tomado una decisión. Había llegado el momento. Sonríe.

No hay nada mejor que abandonarse, con los pies metidos en el agua de la orilla, al vaivén de las olas mientras el murmullo de estas adormece los sentidos. Piensa que estar en comunión con el mar es un *privilegio. Adentrarse en él y dejarse envolver por su refrescante caricia es un regalo vital.*

No puede dejar de contraer el estómago cuando unas pequeñas olas lo pillan desprevenido y arrollan, con el agua fría que arrastran, sus genitales, ni tampoco cuando esta va subiendo centímetro a centímetro por su torso según se adentra más y más en el Atlántico.

Al dejar de hacer pie empieza a nadar, con vigor al principio y con gran esfuerzo después, hasta que no puede más. Con rabia, comprueba que no se ha alejado tanto como pensaba de la orilla, pero que ya no puede distanciarse más de esta, porque los brazos y las piernas le pesan demasiado y no responderían a un último esfuerzo.

«La maldita enfermedad me ha debilitado hasta un estado miserable y quiere que pierda mi dignidad en momentos tan cruciales», piensa.

No importa.

Ya no importa nada.

Pega los brazos al cuerpo y se queda inmóvil. Intenta no mover las piernas, pero le cuesta trabajo no hacerlo porque, aunque su mente desea morir, su cuerpo se rebela. Sin embargo, un cansancio real y magnánimo relaja la tensión corporal y el vigor comienza a disminuir.

Sonríe.

Abre la boca y, mientras nota la ingravidez que lo domina, traga con mansedumbre el agua que su cuerpo necesita para culminar la última redención del pecador.

Una grata sensación de laxitud y soledad compartida lo envuelve y acompaña en sus últimas alucinaciones. Las de un cabello castaño, largo y ondulante, que lo rodea y la de unos ojos marrones y redondos que lo miran fijamente, sin pestañear, mientras unos labios morados y carnosos se acercan para darle lo que entre brumas entreví como el beso justiciero de la muerte.

25

¿Cómo puede alguien decidir morir de esta forma? Aunque sería más acertado preguntarse: ¿Cómo se puede detestar tanto la propia vida hasta el punto de desear suicidarse? Una vez tomada esa tétrica decisión, ¿cómo será morir por ahogamiento? ¿Se sentirá terror al irse acercando a tan aciago fin? En el último momento, ¿los suicidas se arrepienten de la decisión tomada? ¿Intentan agarrarse a un último aliento de vida y luchar por sobrevivir o se dejan llevar por el deseo de acabar con el sufrimiento que les corroe las entrañas?

Tras la inesperada y trágica muerte de Jesús Guijarro, amigo y vecino de El Rompido, galerista y marchante de arte, Antonio nos explicó a Jorge y a mí que la velocidad a la que uno se ahoga depende de varios factores, no solo de las habilidades natatorias y de la temperatura del agua, sino también del viento, las mareas, etcétera.

Han transcurrido varias semanas desde aquel día. Algo ha cambiado en El Rompido; por lo pronto, ya no nos hemos vuelto a reunir en tropel para pasar a la otra banda. No es que ya no vayamos para allá a disfrutar de esa paradisiaca y hermosa playa, sino que, ahora, parece que flota en el aire el acuerdo tácito de que cada uno cruce cuando quiera, pero no en grupo. ¿Tenemos miedo de que vuelva a ocurrir algo parecido a lo que pasó con Jesús? ¿Nos asustan los secretos que cada uno de nosotros mantenemos ocultos a los ojos de los demás? Me paro a reflexionar sobre la última pregunta, porque el ahogamiento de Jesús ha sido el detonante que ha revelado secretos recónditos, espantosos y difíciles de digerir.

Ni en la peor de nuestras pesadillas hubiéramos podido imaginar que aquel día se quedaría grabado en nuestro calendario vital como uno de los más negros de nuestra existencia:

Cruzamos a la otra banda en diferentes embarcaciones; transportamos por las pasarelas de madera un sinfín de enseres playeros y las neveras que llevábamos con la comida y la bebida; plantamos las sombrillas como organizadores zarabandistas de lo más estridentes y bulliciosos y empezamos a disfrutar del sol, la arena, el mar, la compañía…

Los niños, independientemente de la edad, se mezclaban entre sí y las madres, más o menos relajadas, sentadas o tumbadas en las toallas, controlaban que todos llevasen puesta la protección solar, que los más pequeños no se adentrasen en las dunas, que mientras jugaban en el agua se mantuvieran cerca de la orilla o, simplemente, intentaban no perderlos de vista. La mayoría de los hombres hicieron algún amago de exhibición deportiva: nadando, jugando con las palas o con alguna pelota, pero sin muchas ganas y sin dedicar a tales entretenimientos demasiado tiempo. Al final, los chicos dejaron de pavonearse ante las hembras y sus congéneres y no tardaron en abrir las neveras para tomarse las primeras cervezas del día. Después, la camaradería se tiñó con tintes menos forzados, porque ellos no se relacionan entre sí como lo hacemos nosotras, las mujeres del grupo, ya que cada uno se mueve por órbitas diferentes y tiene inquietudes distintas. Se podría decir que, en realidad, confraternizan por la fuerte amistad que une a sus mujeres.

Estando tumbada boca abajo, con los ojos cerrados y medio aletargada en la toalla, escuché como Jesús, que no tenía muy buena cara ese día, le dijo quedo a su mujer que iba a dar un paseo por la playa, que la dejaba al mando y que no se le ocurriera perder de vista a los niños. María le contestó con tono resuelto: «Claro que sí, vete tranquilo. Dar un paseo te sentará bien». Después de todo lo que se ha sabido estos días…, me pregunto si María no sospechó nunca nada. ¿Se puede engañar a quien se tiene al lado con tanta facilidad?

¿Llegó a intuir lo que le rondaba por la cabeza a su marido? ¿Conocía algunos de sus secretos?

En aquel momento, me dio la sensación de que María sintió alivio y alegría cuando Jesús le dijo que iba a dar un paseo por la playa. Vi como se alegraba de que él estuviera disfrutando del día y de la compañía.

¡Cuán equivocada estaba María! Jesús iba camino de realizar la escenificación más teatral de su mísera vida, su última mojiganga.

—Jesús lleva mucho tiempo paseando por la playa, ya debería haber vuelto —dijo María cuando empezamos a sacar la comida de las neveras, pues nuestros niños, tal que galgos famélicos, después de un par de horas retozando en la arena y el agua, estaban hambrientos y exigían comida por doquier.

—¿Hacia dónde ha ido? —preguntó César.

—¡Tenéis que ir a buscarlo ahora mismo! —dijo ella a todos y a ninguno en particular, en un arranque de histerismo.

Nos pareció extraño, hasta ese momento había estado tan entretenida y tranquila, ¿por qué de pronto le entraba tal agobio?

—Sí, ahora vamos, tranquilízate y dinos cuánto tiempo lleva fuera y por dónde se ha ido.

—Creo que se dirigió hacia el final de la flecha. No lo sé seguro, pero creo que debe de haber pasado una hora y media desde que se fue a dar un paseo por la playa.

María balbuceaba y la instamos a que se calmara. Muchos adultos nos habíamos acercado a ella y, entre el barullo de los niños y las indicaciones cruzadas que nos dábamos, aquello se estaba convirtiendo en un caos. Los chicos y algunas de las chicas decidieron hacer grupos e ir en su busca. Unos hacia la izquierda, otros hacia la derecha y un grupo mucho más reducido se adentraría en las dunas.

Las que nos quedamos con María intentamos tranquilizarla y, al principio, lo conseguimos y hasta la hicimos reír con las tonterías que decíamos sobre lo que debía de estar haciendo Jesús, desde haberse echado a dormir en una duna hasta estar tomando el sol después de haberse bañado en pelotas. Dimos de comer a los niños, ya que estos no entienden de retrasos en lo de cubrir sus necesidades primarias, y fuimos bajando el tono según pasaban los minutos. El tiempo que tuvimos que esperar a los que se marcharon a recorrer la playa se nos hizo eterno.

Empezaron a llegar nuestros compañeros, sin noticias de Jesús. María se echó a llorar cuando regresaron sofocados por el sol, sin ninguna noticia de nuestro amigo, los últimos que habían ido en su busca, Jorge y César. Estos fueron los primeros en sopesar la idea que nos venía rondando a más de uno, la de avisar a la Guardia Civil o a la Unidad de Rescate Subacuática de Bomberos. César tomó las riendas de la situación y llamó a estos últimos. Eran las tres de la tarde y Jesús llevaba casi cuatro horas sin dar señales de vida.

Con apenas unas cuantas frases, tras un acuerdo tácito, nos movilizamos y empezamos a recoger los enseres y viandas que habíamos llevado a la playa. Decidimos volver al pueblo. Algunos de los que tenían barco pensaban dejar a sus mujeres e hijos en casa para unirse a la búsqueda. Con cada minuto que pasaba, más seguros estábamos de que a Jesús le había pasado algo malo.

En las tareas de rastreo participaron: Salvamento Marítimo con la Salvamar Alborán, el Helimer 202 y el buque remolcador María Zambrano; Cruz Roja con la lancha de intervención rápida Calipso; una unidad de bomberos; una pareja de la Guardia Civil del cuartel de El Rompido desde tierra y, también, la Armada Española aportó un helicóptero desde la base naval de Rota. Fue la Unidad de Rescate Subacuática de los Bomberos quien recuperó el cuerpo a última hora de la tarde de ese día.

La autopsia que se le practicó al cadáver fue bastante clarificadora en todos los sentidos. En primer lugar, porque no dejó ninguna duda al respecto de que Jesús murió ahogado y, en segundo lugar —puesto que ya estaban manos a la obra—, se le extrajo una muestra de ADN para cotejarlo con el del feto que Frida llevaba en su vientre. Jesús era uno de los pocos hombres, del ámbito familiar y social de nuestra amiga, que todavía no se había prestado a ello. Se pidió permiso a la familia para proceder a la extracción de una muestra biológica de sus tejidos y esta accedió presurosa a la petición. Me imagino que no hubieran sido tan colaboradores de haber sospechado que Jesús era el padre del hijo que esperaba Frida. La fiabilidad del test de paternidad fue muy alta, de una probabilidad superior al noventa y nueve coma nueve por ciento.

Cuando el dato llegó a manos de la policía judicial, esta dejó aparcadas las demás líneas de investigación y se centró en la presunta participación de Jesús en la muerte de Frida. Registraron con minuciosidad la casa familiar de El Rompido, los diferentes inmuebles de los que era titular y el barco. Requisaron los ordenadores, el iPad y los tres teléfonos móviles que utilizaba Jesús tanto en su casa como en la galería de arte. Todo lo relacionado con este hombre se estudió y analizó hasta la saciedad.

Los cabos sueltos se han ido atando con el paso de los días. Las piezas del puzle han ido encajando.

Hemos conocido que Frida y él se encontraban, para sus escarceos amorosos, en una pequeña casa de campo que alquilaron en Cartaya. El carril de acceso a la misma estaba muy descuidado y se encontraba bastante alejada de otras edificaciones, lo que garantizaba la privacidad.

¿Qué pudo unir a dos personas tan diferentes? ¿Cómo llegaron a la complicidad suficiente para hacerse amantes? ¿Cuánto tiempo llevaban manteniendo relaciones sexuales? Si comenzaron cuando tenemos constancia de que Frida alquiló la casa, casi un año.

Como también se llevaron en su día el portátil y el teléfono de Frida, han podido restaurar los correos electrónicos que se mandaron y que, acto seguido, eliminaban. Pecaron de ingenuos; recuperar cualquier dato, archivo, historial de páginas visitadas, etc., de un disco duro es muy fácil para los policías especializados en delitos informáticos. Jesús, incluso, había llegado a formatear su disco duro, pero los rastros no se destruyeron por completo. Lo mismo ha ocurrido con las conversaciones de WhatsApp que mantuvieron y que eliminaron. Aunque la política de privacidad de WhatsApp, en teoría, mediante su interfaz gráfica, da la oportunidad de eliminar conversaciones, la realidad es que permanecen en su base de datos. Gracias a eso se han podido esclarecer los motivos del crimen.

Frida amaba a José, pero se planteó serle infiel cuando les comunicaron, en uno de los estudios básicos que les hicieron para determinar la aptitud del semen, que era de mala calidad y que tendrían problemas para concebir. Después acudieron a una famosa clínica de fertilidad de Sevilla donde les aplicaron un par de tratamientos de fertilidad. Estos tratamientos no dieron ningún resultado y Frida, enajenada, decidió ser madre costara lo que costase. No sabemos cuántos quebraderos de cabeza le supuso elegir entre todos los hombres de El Rompido al que consideró el mejor candidato para tal fin. Lo que sí está claro es que una beldad como ella no tenía que esforzarse mucho para encandilar a cualquier sujeto del género masculino.

¿Y si hubiese elegido a Jorge? ¡Joder! No quiero ni pensar en ello.

Después de seducir a Jesús, y cuando ya lo tenía bien «cogido por los huevos», le contó sus planes, que solo mantendrían relaciones sexuales hasta que se quedara embarazada. Jesús, con tal de poseerla de forma inmediata y el mayor tiempo posible, accedió a ello. No entraba en sus planes quedarse colgado de Frida, pero ocurrió.

El embarazo llegó y se dijeron adiós. Después de descubrir la buena nueva, Frida vivió feliz las primeras semanas de gestación, aunque guardó para sí la noticia. Con toda probabilidad decidió no contarle la buena nueva a José hasta que no hubieran pasado los primeros meses. Claro que lo único que pensaba contarle era que estaba embarazada y que había ocurrido ese milagro del que, alguna vez, habían hablado sin mucha convicción los especialistas: la remota posibilidad de un embarazo natural.

Jesús se replegó en su concha y decidió esperar a que ella se diera cuenta de su error al dejarlo y que volviera a su lado. Ya entonces conocía que estaba enfermo de una terrible enfermedad degenerativa, hereditaria y mortal, pero no le dijo nada a Frida.

Frida se enteró de lo de la enfermedad el día que se celebró el octavo cumpleaños de Paloma, la hija de nuestros amigos Bella Aranda y Enrique Vázquez, en el restaurante del Club Náutico Río Piedras. Fue al aseo del restaurante porque se estaba meando viva y se encontró a María llorando en uno de los receptáculos.

No sé cómo pudo acercarse a ella con total normalidad para intentar consolarla. ¿Tan segura estaba de que María no lloraba por su causa, de que nadie se había percatado o sabía de su infidelidad? O Frida estaba muy segura de sí misma o le gustaba jugar con fuego.

Esa noche, María estaba desolada porque los síntomas de la enfermedad de su marido eran cada día más y más evidentes y el especialista que lo trataba no se había andado con cortapisas y les había explicado, ese mismo día, el declive que le esperaba en los próximos meses. Jesús le había prohibido que hablara del tema con nadie, pero esa noche lo desobedeció. Estaba tan asustada y tan afectada por la información que les habían dado esa misma tarde en la consulta que...

Ese pudo ser el principio de todo.

Frida se volvió loca cuando supo que su hijo nonato podía padecer una enfermedad genética tan horrible. Lo sintió como un castigo divino y decidió contar toda la verdad. Confiaba en que José, por la devoción que sentía por ella, la perdonase. Lo que unos días antes consideraba que era lo más maravilloso que le había pasado en su vida, ahora lo sentía como un «alien» que se estaba gestando en sus entrañas. Los mensajes y wasaps intercambiados por Frida y Jesús la noche del cumpleaños muestran los reproches irracionales de ella y las súplicas más rastreras de él.

Dos de los muchos síntomas que pueden sufrir los enfermos del trastorno de Huntington son la paranoia y las alucinaciones y todos los indicios apuntan a que Jesús llegó a padecer ambos. ¿Dichas manifestaciones pudieron tener parte de culpa en el asesinato de Frida? Quiero creer que sí. Los investigadores, asesorados por un especialista en esta afección, creen que es posible. Lo que sí tienen muy claro los agentes es que el trágico final se aceleró por las amenazas de Frida: que iba a contárselo todo a José y que se desharía del feto en cuanto pudiera.

El anillo que encontramos Jorge y yo también estaba relacionado con el caso. En el historial del portátil de Frida se encontraron con la compra *online* que realizó esta de varias joyas de la diseñadora Kasia Piechonka. Adquirió dos anillos y dos colgantes. Uno de los colgantes fue el regalo que le hizo a Fátima en su cuarenta cumpleaños. ¿Cómo llegó el anillo de cabeza de pez hasta ese lugar? ¿Cuál ha sido su papel en esta rocambolesca historia? Conjeturo que Frida se lo pudo haber regalado a Jesús y que este debió de perderlo alguno de los días en los que se dedicó a observar sus rutinas. ¿Por qué un *otolito*? Hay tantas preguntas sin respuesta...

Lourdes y yo estamos sentadas en el parapeto que separa las terrazas de los restaurantes de esta placita de El Rompido del parque de columpios. Nuestros niños juegan con la misma inocencia de meses atrás.

Lourdes mira con fijeza hacia el frente, más allá de la ría plagada de barquitos, hacia la otra banda.

—No puedo entender por qué la mató —dice.

Asiento con la cabeza, aunque sé que ella no me ve hacerlo.

—¿Cuánto tiempo se dedicaría a pensar en ello? La seguiría con la mirada en nuestras fiestas, en nuestros eventos… Y nosotros sin darnos cuenta de nada. —Me siento triste y se me nota en la voz.

—Sí, seguro —puntualiza.

—Hizo bien en suicidarse —digo con resentimiento.

Lourdes da un respingo al escuchar mis palabras, deja de mirar hacia la otra banda y se vuelve hacia mí. Levanta el brazo y me lo pasa por los hombros abrazándome con fuerza.

—No vale la pena pudrirnos con pensamientos tan oscuros, lo único que tenemos que recordar es la profunda huella que Frida ha dejado en nuestros corazones. ¿Por qué hizo lo que hizo? ¿Quiénes somos nosotras para juzgarla? En cuanto a Jesús…, hay que estar muy enfermo para hacer una cosa así. En el fondo hay que tenerle lástima. Él también debe de haber sufrido mucho. —Es tal la marea de sentimientos encontrados que en sus últimas frases le ha temblado la voz—. No hay una respuesta sencilla para explicar nada de lo que ha ocurrido.

Mi amiga está hablándome desde el corazón y sus palabras son el bálsamo reconfortante que necesito en estos momentos. Sigue abrazándome y yo agradezco en mi interior el gesto. Nos quedamos en silencio, escuchando el viento que empieza a levantarse, sintiéndonos reconfortadas en nuestra amistad.

Nota de la autora y agradecimientos

Escribo estas líneas para aclarar que, aunque esta novela se desarrolla en un lugar real, precioso y mágico, El Rompido, todo lo narrado es ficción y cualquier coincidencia que los lectores puedan o quieran encontrar en el texto no deja de ser más que eso, mera coincidencia. Sin embargo, he pretendido que el contexto social descrito sea indicador de los tiempos que vivimos. Por lo demás, mi imaginación ha puesto el resto y, por lo tanto, soy responsable de todos los errores que puedan detectarse.

He intentado narrar lo mejor posible los distintos escenarios de El Rompido, con la intención de que los lectores que no conocen este bello lugar puedan visualizarlos e imaginarlos sin moverse de su sillón de lectura, pero con la ilusión de que si viajan para conocerlos los vean como los leyeron en este libro. Nada me gustaría más que se implantara el *hashtag* #turismoliterarioenelrompido.

Reedito *No cruces a la otra banda* (2014), siete años después de su primera edición, porque la obra necesitaba una buena revisión y corrección. He creído oportuno pulirla para que adquiriera el mismo brillo que el resto de mi producción literaria. Sigue siendo la misma; sigue reflejando el día a día de seres humanos corrientes, pero a la vez únicos: sus conductas y sus preocupaciones. Puse tanta ilusión en esta novela, me ha dado tantas alegrías todos estos años, que se merecía una vuelta a escena vestida de tiros largos.

En su momento, agradecí a las siguientes personas su confianza y apoyo en este proyecto:

A mi marido, Roberto, apoyo fundamental en mi trabajo; sin su entusiasmo y colaboración no hubiese podido conseguir hacer realidad el sueño de escribir esta novela, ni las que han llegado después.

A mi hija, Ana, referente constante en mi vida.

A mi madre, Josefa, que derrocha sensibilidad a raudales y cuya admiración por mi faceta de escritora copa todas las expectativas respecto a lo que pueda recibir en el escenario literario.

A mi amiga, Raquel, por estar a mi lado todos estos años, por su entusiasmo vital y por su ayuda en la primera edición de la novela.

A mi cuñado, Víctor, por el trabajo tan magnífico que realizó con la elaboración de la portada de la primera edición de la novela. Cambiamos portada, porque los tiempos lo reclaman, pero mantenemos su esencia primigenia.

En mi corazón ocupa un lugar destacado mi amiga del alma, Ana, por estar siempre a mi lado, en los malos y en los buenos tiempos, aunque nos separen muchos kilómetros. ¿Qué haría yo sin ti?

A los muchachos del cuartel de la Guardia Civil de El Rompido, porque sin su asesoramiento me las hubiese visto y deseado para darles forma a algunos de los pasajes relacionados con el crimen narrado. La amabilidad con la que me trataron cuando fui a visitarles y los conocimientos que me ofrecieron con generosidad son un ejemplo más de su buen hacer. Muchísimas gracias por vuestra ayuda.

A mis amigas y compañeras de trabajo, Eva y María, porque junto a ellas me recargué de energía positiva durante el año que gesté esta historia.

Tampoco hubiera podido escribir este libro sin los amigos y vecinos de El Rompido que me apoyaron de tan buen grado, con tanto entusiasmo, y que me animaron para que este pequeño pueblo fuera el escenario de la historia que rondaba en mi cabeza.

A día de hoy, tengo que ampliar los agradecimientos:

Al portadista Miguel Miranda (@detrasdelaarroba), que ha realizado un trabajo maravilloso con la nueva cubierta del libro.

A la correctora Rosario Naranjo (CALISTA SWEET), por dar lustre a mis palabras.

A mi querido lector cero, José Antonio Bejarano, por sus consejos, por su buen hacer y por seguir a mi lado estos últimos años.

A mis queridos lectores, a los que leyeron el libro en su momento y a los que lo vayan a leer desde ahora.

A los *booktubers*, a los grupos de lectura, a los *bookstagrammers* y a los blogueros. Gracias a vosotros, voy creciendo. El boca a boca es un instrumento muy poderoso; sin vuestro trabajo y vuestra pasión al hablar y escribir acerca de los libros, escritores como yo tendríamos menos visibilidad. ¡Gracias por ponérnoslo más fácil!

Podéis contactar conmigo a través de las siguientes redes sociales, estaré encantada de contestar a cualquier pregunta que queráis hacerme sobre esta o cualquiera otra de mis historias:

Twitter: @MaríaRompido
Instagram: maria_laso_
Página de autora en Facebook: María Laso

María Laso nació en 1970 en Cortijos Nuevos (Segura de la Sierra). Licenciada en Filología Hispánica por la Universidad de Granada. Actualmente ejerce como docente en el IES "Rafael Reyes" de Cartaya (Huelva). Lectora ávida, gran conocedora del mundo de la Literatura y amante de cualquier manifestación artística y de las nuevas tecnologías.

OTRAS OBRAS DE LA AUTORA:

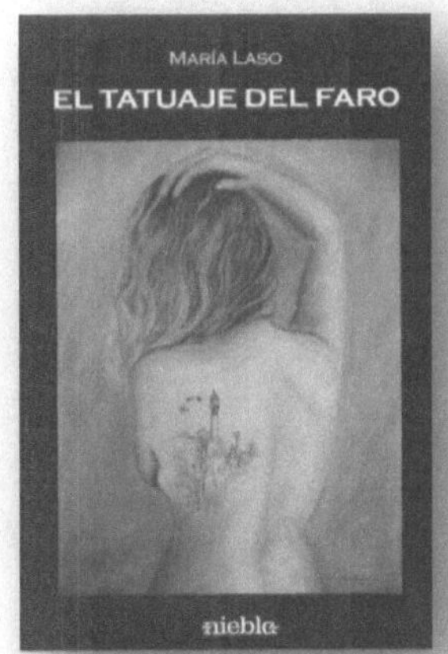